有一种陪伴
可以是淡淡的守望

丹　玛◎著

中国出版集团　现代出版社

图书在版编目（CIP）数据

有一种陪伴可以是淡淡的守望 / 丹玛著 . -- 北京：现代出版社，2019.1

ISBN 978-7-5143-6737-9

Ⅰ . ①有… Ⅱ . ①丹… Ⅲ . ①故事－作品集－中国－当代 Ⅳ . ① I247.81

中国版本图书馆 CIP 数据核字（2018）第 000650 号

有一种陪伴可以是淡淡的守望

作　　者	丹　玛
责任编辑	杨学庆
出版发行	现代出版社
通讯地址	北京市安定门外安华里 504 号
邮政编码	100011
电　　话	010-64267325　64245264（传真）
网　　址	www.1980xd.com
电子邮箱	xiandai@vip.sina.com
印　　刷	河北浩润印刷有限公司
开　　本	880mm × 1230mm　1/32
印　　张	5
版　　次	2019 年 1 月第 1 版　2022 年 1 月第 2 次印刷
书　　号	ISBN 978-7-5143-6737-9
定　　价	39.80 元

目　录
Contents

一 暗恋，是一场寂寞的欢喜

无论光阴如何流转，再遥远的路途，都会因为曾经这些细碎的情意而变得温暖。偶尔翻阅昨日的记忆，曾经走过的风景，都不及你给的美。

1

我上高中的时候，很多同学都这么评价我：古怪、叛逆，不热情。那几年，我在学校里几乎没有朋友，除了同桌的美蕙和隔壁班的阿封。

我的同桌美蕙是个皮肤白净细腻的漂亮女孩，还是个学霸。那时班上多数男生都喜欢她，我常常看见有男生偷偷塞情书到她抽屉里。我从来没见过像美蕙这么认真学习的孩子，据她的小学同学说，她从小就是学霸。学习好人又漂亮，难怪男生们争先恐后地给她写情书。和美蕙相比，我简直就是个厌学的坏孩子。嗯，就像隔壁班的阿封。

后来我总结了一下，我和阿封为什么会成为铁杆朋友，原来我们臭味相投，同样的不爱学习，并且还喜欢逃课去看电影。只是我有些不明白，为什么学霸美蕙也会成为我的朋友。她学习那么用功，而且也不爱看电影。

那时候我寄宿在姨妈家。姨妈是电影公司职员，我们就住在电影公司的大院里。每次我去看电影都堂而皇之地跟检票员说回家，以此逃票。阿封沾了不少光。这是我们高中几年里最高兴的事了。

有天晚上，自习课才刚刚开始，阿封便出现在我们班的走廊外。美蕙轻轻敲了一下课桌，指了指窗外，压低声音说：丹玛，你哥们儿找你。我向窗外望去，一脸坏笑的阿封正朝我招手示意让我出去。一看这家伙的表情就知道，有新电影上映了。

　　我旁若无人地走出教室，回头的时候，看见美蕙撕下一张作业纸在上面唰唰地写着什么。很久以后我才知道，她一直在帮我写请假条。据说仅高二下学期美蕙就帮我补过八十几张请假条，这让我感到十分惊讶，我没想到自己一学期竟然逃过这么多次课。

　　有次我问美蕙为什么要帮我，她轻描淡写地说因为不想我死得太难看。后来我才知道，其实是阿封拜托过她。这让我感动之余也十分佩服她。佩服美蕙什么呢？当然是佩服她的机智，一学期八十几节课她居然能编出各种各样的理由帮我请假。这脑洞得多大才能把这请假理由给编得滴水不漏？唉，真不愧是学霸。

　　那天晚自习又一次成功逃课。我高兴地想，为什么幸运之神总是眷顾我？

2

　　我一直认为美蕙除了学习没有其他爱好。漂亮又聪明的她更不会早恋。因为在我看来，早恋是一件极其愚蠢的事。早恋不仅消耗精力还浪费时间，记得我初中的时候，班上有一对情侣，男的班长，女的副班长，初三那年碰撞出爱的火花，结果俩人中考全考砸了。我想，高智商的美蕙才不会去犯这种低级错误。

那次月考刚结束，语文老师给我们布置了一篇作文。没有命题，说是自由发挥，写一写自己感触最深的一件事。老师说学校的文学社团在招兵买马，他受社团组织之托，在各班选拔写作人才。

上课的时候，语文老师说："我希望大家踊跃报名，勇敢尝试。尤其丹玛、美蕙、厚儒、隆寒同学，你们几个作文写得好，更应该参加文学社团，也算是给自己一个锻炼的机会。"听了老师的话，大家纷纷摩拳擦掌，跃跃欲试。可我心里十分抵触社团之类的机构，总觉得真正的高手不会去社团混。干脆不写。

当时班上的同学都兴致勃勃地交了稿子，老师选出几篇不错的文章与大家分享。那是有史以来最活跃的一节语文课，老师在讲台上眉飞色舞地读着文章，同学们在底下小声地议论哪篇文章写得更深入人心。

在读完前面两篇文章之后，语文老师拿起最后一篇稿子。他说："这篇文章的题材虽然有些敏感，但绝对是写得最棒的一篇！嗯，虽然我不赞成早恋，可是不得不承认这篇文章写得入木三分！"

语文老师这番话让全班沸腾起来，人人都好奇连老师都欲罢不能的文章出自谁手。有同学问："老师，文章作者是谁？"语文老师俏皮地回了一句："保——密。"

老师刚刚读完一段，立马就有人跳出来说："丹玛！肯定是丹玛写的，只有丹玛的文笔才这么细腻！"此言一出，大家纷纷断定是我的文章。一些男生开始大胆做出猜测，说我天天跟隔壁班阿封泡在一起其实不过是欲盖弥彰，我喜欢的另有其人。

我没有作解释。在老师读完文章的那一刻，我已经猜到文章出自谁手。没错，这是我们的学霸美蕙同学的杰作。这让我感到非常震惊。原来美蕙喜欢的人是我的朋友阿封。当然这篇文章的微妙除了我，没有其他人能读懂。

我意味深长地看了美蕙一眼。她把头埋到了自己的臂弯里。原来学霸也会爱上别人，并且喜欢的是一个帅痞。

3

那天晚自习下课后，阿封过来找我聊天。他说："老实交代，那篇文章是你写的吗？"我说无聊，当然不是我写的。可阿封不信，"是你写的就是你写的，干吗怕承认？"他继续说："在这个班这个年级里，有谁的文章写得比你好？你这不是此地无银三百两吗！"我火了，低吼一声，"我说了不是我！"奇怪了，为什么这锅非得我来背？

阿封贼兮兮地笑："快告诉我，这文章里的男主角到底是何方神圣，竟让丹玛这颗冷漠的心变暖了？"

"找死啊！"被逼急了，我的口头禅立马脱口而出。我很想告诉他，文章里的男主就是他自己，但女主另有其人。但我估计会越描越黑，干脆不说。

"好吧，好吧，我不逼你了。"阿封笑嘻嘻地说，"谁叫咱们是铁哥们呢！"

我狠狠瞪了他一眼。这个自以为是的家伙。我都不知道学霸美蕙到底喜欢他哪点。

文章事件之后，几乎所有的同学都认定我有了喜欢的人。除了美蕙。但谁也猜不出男主是何方神圣。反正没人相信我喜欢的人是阿封，男生们说，丹玛喜欢的有可能是任何一个人但绝对不可能是隔壁班的那个痞子。

为此阿封非常生气，他愤然地说："为什么你就不能喜欢我？我很差吗？"我被他的样子逗乐了。凭良心说，阿封一点也不差，他除了喜欢逃课看电影，笑起来有点痞气，其实他还蛮帅的。哦，差点忘了，他还是校队的游泳健将。据我所知，很多小女生在暗恋他。

对于美蕙喜欢阿封这件事，我从来没有去向美蕙本人证实过。但我们心照不宣。

4

高二上学期准备放假前，阿封迎来了十七岁生日。我们原本约好一起逃课去看电影，然后等学校下晚自习之后再去接美蕙和几个隔壁班的同学一起去阿封家吃蛋糕。但是那晚姨妈突然生病，我得陪着手足无措的表姐一起把姨妈送去医院。我对美蕙说："要不你陪阿封去看一场电影？今天是他生日。"美蕙想了想，同意了。

夏天的蝶城天气有些热，但晚上时不时会下一场雨。雨后的空气清新宜人，护城河上总会袅袅浮着一层水雾，如梦似幻，一些情侣常常坐在河堤的柳树下纳凉。那晚上，阿封在河堤等美蕙。我想，这对他俩而言是一个有意义的约会。我希望美蕙能亲口告诉阿封，他就是文章里的男主角。

但那天晚上却出事了。事情是这样的，美蕙跟班主任请假后匆匆赶去河堤。她刚走上河堤就听闻前面有打斗声，赶到现场，只见阿封被三个小流氓团团围住。跆拳道黑带二段的美蕙大喝一声，一脚踢飞了其中一个流氓手中的小刀。这无疑是火上浇油，几个流氓红着眼睛疯狂攻击他俩。打斗中一个流氓手执透着寒光的刀子向阿封刺去，说时迟那时快，美蕙抢先一步推开了阿封，结果刀子划过了她的手臂。几个流氓见有人流血便逃之夭夭。

当我接到消息赶过去，美蕙的伤口已经包扎完毕。幸好只是一把小刀，虽然流了血，但并无大碍。原来几个流氓曾经和阿封的表哥有过节儿，他们和表哥打架的时候阿封曾因为帮表哥得罪过他们。因此几个流氓伺机报复。

阿封因为自己得罪流氓而连累到美蕙心生愧疚，认真地向她道歉。美蕙却轻描淡写地说了一句：不用客气，我帮你不过是因为你是丹玛的好朋友。我在心里叹气，这丫头怎么这么傻呢？

夜里从阿封家出来，我和美蕙晃着月亮一起走回家。我问美蕙："为什么你不让阿封知道他就是那篇文章里的男主角？今晚有这么好的机会，我以为你会告诉他。"

美蕙侧过脑袋狡黠地冲我一笑说："你不是说，早恋是一件愚蠢的事吗？"

我对她眨眨眼睛说："可是恋了不让对方知道更愚蠢。"

美蕙说，"唉，愚蠢就愚蠢吧！人生难得几回蠢！"我瞪大眼睛望向她，四目相对，我们忍不住一阵狂笑。

5

高二下学期，大部分的周末时光我们三个人都在一起度过。我总是有意无意地给阿封一些暗示，可迟钝的阿封却没有任何反应。也许阿封根本没料到美蕙这样的学霸会喜欢自己，因为美蕙总是说看在我的面子上她才会这么热心去帮阿封。时间久了，阿封也信以为真。他在我面前说过，美蕙对他好不过是爱屋及乌。我简直快被这俩人气疯了。

我曾想把真相告诉阿封，但美蕙却不同意。她有她的自尊心。美蕙觉得能以这样的方式和阿封交往已经很不错，有些事如果说透了反而没意思。再说吧，如果阿封喜欢她，不用她说什么他自会有所表示。细思量，美蕙的话颇有道理。也许他们之间的关系，只能顺其自然。

我们很快迎来暑假，假期一开始学校就组织同学们补课。没完没了地写练习和测验，放假不到半个月，我抽屉里已经堆满了试卷。尚未开学，老师和同学们已经提前进入高考训练模式，除了我和阿封等少数学生，人人都如临大敌。

我非常抵触那堆小山似的测试卷，每天老师发下来立马就被我塞进抽屉。有时美蕙看不下去了，会好心地提醒我：丹玛，不要任性。

好容易挨到放假，我和阿封特地约了美蕙一起去看电影。可是那晚我们都联系不上美蕙。原来她父亲在外地给她报了个高考培训班，这意味着整个假期我们都不能见面。

阿封说："美蕙这样的学霸还去参加高考培训班，这让我等学渣情何以堪？"我大笑。阿封郁闷地说："你鬼笑什么，你又不是学渣。"

是的，也许我算不上学渣，可我患了比任何人都严重的厌学症。我讨厌那些没完没了的试卷，讨厌班主任危言耸听。老师发的那堆小山似的试卷，我一张都没写，直接就送给了捡垃圾的阿婆。连阿封都惊讶我的任性，以致后来高考过去很久以后，他仍然想不明白一件事："丹玛，为什么高考这么难的坎都让你轻而易举地过了？"

6

高三那年，阿封的父母离开蝶城到外地做生意，家里只剩阿封一个人。看这小子一天到晚吃泡面，我们不忍心，常常去他家一起做饭吃。每个周末都是阿封最高兴的时候，因为美蕙总下厨做些他喜欢吃的菜。在此之前我们都以为美蕙不会做饭，后来才发现她不仅上得厅堂也下得厨房。第一次品尝到美蕙的拿手好菜，阿封一直赞不绝口。美蕙得知他喜欢川菜，常常从家里带来一些食材，等到周末就给他做好吃的。有时看着他俩吃得津津有味，我心里就一阵窝火。因为我不吃辣。

那段时间我和阿封很少逃课去看电影，进入高三后阿封在美蕙的影响下开始去写那些没完没了的试卷。我知道阿封其实很厌倦学习，但为了高考他还是放弃了很多自由的时间。

一个周末的早晨，我和美蕙去找阿封，还没走进他家小院就听见一阵欢快的谈笑声。美蕙说，阿封家什么时候变得这么热闹了？

屋子的门掩着，我们习惯性推门而入。映入眼帘的一幕却让我们感到意外，原来是阿封和一个陌生的女生坐在沙发上热聊。他们并排坐着，靠得那么近，给人感觉十分亲密。那一瞬间，我看到美蕙怔了怔，然后她故作轻松地打招呼：嘿，有朋友来玩啊？

阿封满脸笑容地给我们彼此做了介绍，原来女生是阿封游泳队的队友，叫林婧。这女生长着一对丹凤眼，一身小麦色的皮肤看起来非常洋气。阿封说林婧过来给他送学习资料。但我感觉阿封和这女生关系不一般，我甚至敏感地捕捉到了他们之间的微妙。

那天中午还是美蕙下厨。我在厨房打下手。我发现自从进屋之后，美蕙就变得异常安静。都说女孩子的第六感特别准，我猜美蕙大概已经看出阿封和林婧的关系。吃饭时，阿封一直在帮林婧夹菜，眼底满满的宠溺。阿封这么明显的变化，让我感到有些不适应。原来爱情可以让一个男孩瞬间变得成熟起来。

几个人聊起高考，阿封笑嘻嘻地说他要跟林婧报考同样的学校。这么快就秀恩爱，我真想骂阿封一句：找死啊！可是林婧在，我不好发作。我知道那餐饭，美蕙食之无味。

林婧走之后，我问阿封："你什么时候勾搭上人家的？"阿封一脸痞笑："我们互相勾搭好不好？她去年刚进游泳队的时候我就注意到她了，最近我们分到一组训练，所以互相帮助啊。"在阿封说这番话的时候，美蕙一直沉默。我没有从她脸上看出一点波澜，哪怕是一点失落。她淡淡地笑了一下，目光投向窗外。

7

高中生涯一晃即逝。

美蕙如愿考上了武汉大学新闻系。阿封和林婧考取了同城一所大学。高考的结果是皆大欢喜。

开学前一天，我送美蕙去了机场。阿封在最后十分钟赶到。当美蕙看到阿封的那一瞬间，她淡淡地笑了笑，转身离去。

美蕙的初恋发乎于心，止乎于心。她还没有等到爱情的开始，就已经接受了它的结束。

很多年过去，美蕙和阿封没有再见过面。只是美蕙不会忘记我们在一起的那些日子，阿封曾经带给她那样美好的一段时光。有时候年轻的爱情就如一颗玻璃心，很美也很脆弱，那么轻而易举就碎在了岁月的长河中。

二 有一种陪伴可以是默默的守望

你不在我的生命中，却时刻牵动着我的悲喜。无论你在何方，你永远是我心中最柔软的牵挂。不用承诺，无须告白，你在，或者不在，都会在我生命中驻足。

1

去年三月，我一个人去浩坤湖边小住了几日。那是一个偏僻的小村落，可以让我远离城市的喧嚣，安心睡觉。

浩坤湖距离神云龙宫大概有五公里，湖面宽阔，碧水清清。四周山峦叠翠，连绵不断。湖中岛屿交错，星罗棋布，水天一色。让我欣喜的是，湖边岸上开满了如火如荼的红木棉。

　　到浩坤的第二天清晨，我来到湖边找船家。我打算泛舟游湖，好好享受一下这个世外桃源的慢时光。

　　就这样，我在湖边遇见了康叔。他一个人孤零零地坐在船头，一身朴素的灰衣黑裤。头发花白，但精神矍铄。阳光照落在船头，拉长了一道长长的影子。有一种说不清的寂寥。

　　谈好包船的价格，我一个人上了康叔的船。随着发动机轰轰作响，船渐渐离开了岸边。我发现，在这个小村落，几乎家家户户都有一艘这样的船，空闲时间男人们才会不紧不慢地出来开船赚钱。对这里的村民而言，赚钱似乎并没有那么重要。

　　康叔告诉我，因为这个村子地处偏僻之地，他们这里的人很少外出。很多蔬菜水果都是自己种的，村民们自给自足，自得其乐。这两年开始有人陆陆续续进来观光，村里顺应市场建了一些客栈。但是康叔至今仍然一个人住在他祖上留下的老屋，只靠每日出船挣着生活费。对一个单身汉而言，这样简单的生活方式更适合他。

康叔有个好听的名字，叫康暮泽。自幼生长在浩坤湖边，小时候村里愿意去上学的孩子没几个，可是暮泽却主动要求去读书。尽管学校离家很远，每天早晨要搭船过对岸，再走一段山路，但是他从来没有放弃过学业。据说暮泽这名字是他爷爷给起的。说起爷爷，康叔满脸的笑容，他告诉我他爷爷在过去是村里少数读过书的秀才之一。他们康家虽然不是大富大贵之家，但在村里还算是不错的。如果人生是这样按部就班，如果没有那场突如其来的变故，我想也许我不会在这个小小的村落里遇见康叔。

2

一切源于一场宿命。

那年暮泽十六岁。那时候的暮泽长得很清秀，用村里人的话来讲，他跟他那个秀才爷爷长得很像。

高二下学期的一个周末，镇上又一次热热闹闹迎来了县

里的剧团演出。暮泽并非戏剧爱好者，但每次剧团到镇上演
出他都留下观看。虽然看过多次表演，可他依然没办法清
楚地记住大多数的角色。其实暮泽之所以乐此不疲地观看
表演，不过是因为唱花旦的女演员赵姝静。

　　姝静是暮泽唯一记住的女演员。那时的姝静还很年轻，
也不过十七八岁的样子。化了妆的她在台上显得格外引人注
目，一双明眸中流转着怒放的青春。

　　暮泽好奇素颜的姝静究竟长什么样，很多次想溜到后台
去看姝静，但都未能如愿。姝静实在太忙，每次表演结束，
很快就会消失在人们的视线中。

　　也是缘分，那天晚上暮泽晚到未赶上姝静的演出。欲从
后台抄近路到前台时，正好遇见了刚刚卸妆的姝静。一身白
色连衣裙的姝静端坐镜前，已经卸妆的脸上干干净净的，白
若初雪。透过镜子，暮泽清楚地看到了姝静那双仿若寒星的
大眼睛，它是那样的与世无争。暮泽觉得这世间最美的词语
也无法准确无误地形容姝静的美好。几乎是从第一眼看到姝

静的那一瞬间，他就无可救药地爱上了这个女孩。

姝静转身离开后台后，暮泽悄无声息地溜进去拿走了她表演时佩戴的头钗。那是一支铜质头钗，形如展翅的凤凰。

正当暮泽满心欢喜地藏好那支头钗准备离开时，迎面走来了一男一女。暮泽躲在角落里，打算等那两个演员走之后再随之离开。他无意间听到了那两个人的对话，从中得知姝静刚刚和团长一道去镇政府赴宴。据说镇长特地设宴款待了团里的精英。

离开后台的那一刻，暮泽听见女演员阴阳怪气地说："我看这镇长是醉翁之意不在酒，姝静这回在劫难逃！"听罢这句话，暮泽心里一惊，他转身迅速离开后台直奔镇政府。

很显然是一场鸿门宴。酒席上，四十岁就已经谢顶的镇长一边假惺惺地赞美姝静的表演，一边将早已准备好的白酒一杯又一杯地倒入姝静的杯中。原本坐在对面的团长被镇长秘书灌了几杯酒后，歪在后面的沙发上睡着了。姝静一直婉拒镇长端过来的酒杯，但那个谢顶男人红着一双猩红的眼睛执意要她喝下。不胜酒力的女孩终于醉倒。

　　像是安排好的，镇长抱起不省人事的姝静往休息室走去。一直躲在暗处的暮泽悄然尾随而去。最后关头，少年为英雄救美误伤了镇长。结果暮泽被警察带走。谁也不曾想到，他这一走就是十二年。

　　当年这件事轰动了整个小镇。但为了保护姝静，团长带着她和团里的演员不动声色地离开了小镇。对于醉酒后发生在自己身边的一切，姝静全然不知。

　　回到县里之后，姝静没有再回过小镇。每次下乡义演，团长都会安排其他姑娘代替她的角色。姝静并不知道，团长这么安排只是为了更好地保护她。

3

　　时光荏苒，十年后的姝静早已成了家喻户晓的京剧明星。有一年她为做慈善活动组织了其他明星四处演出，最后一天她随演员们回到了久违的小镇。

庆功宴之后，姝静沿着熟悉的小路来到河边看日落。那天黄昏，小镇很像往常一样显得格外静谧。姝静一个人坐在河边的大石头上，望着渐渐消失的落日，有那么一瞬间脑子里突然闪过想留下来的念头。姝静不否认，从第一次来这里表演开始，她已经喜欢上这个山清水秀的小镇。

返回客栈的路上，迎面而来的一个中年女子跟她打招呼："你是覃姝静吧？"姝静微笑。这些年多次在外演出，在路上总会遇到一些喜欢她的观众。出于礼貌，姝静停下来和中年女子聊了几句。

不想这次偶然的闲聊，竟然得知了小镇上当年轰动一时的秘密。让姝静震惊的是，十几年前的那个晚上一个叫康暮泽的少年为了保住她的清白误伤了欲对她下手的镇长。少年由此被判入狱十二年。中年妇女告诉姝静，两年前暮泽出狱返乡，听说他先是替人看守山林，后来回到浩坤开船度日。其实两年来村里也有老人给他做过媒，但暮泽拒绝了。之后，没有人敢在他面前提过相亲的事。暮泽至今仍是单身。

听完这个故事，姝静落泪了。

那天夜里，姝静辗转反侧，彻夜难眠。半夜三更，她坐在昏暗的灯光下，看着无名指上男朋友送的求婚戒指，心里早已经掀起一阵一阵波澜。挣扎了一夜之后，姝静悄悄地取下了手上的戒指。

翌日清晨，姝静没有随演出团返城。跟组织上打了招呼后，她一个人悄悄搭着班车去到了浩坤。多年后之后，在浩坤湖边，姝静终于见到了她生命中重要的那个人。

此时的暮泽已经褪去曾经的俊美和稚气，十几年的牢狱生涯成就了他沧桑的容颜。曾经白净的脸被晒成了古铜色，单薄的身体变得格外强壮。几乎就在见面的那一刻起，姝静心里就有了新的决定。她要留下来，她喜欢眼前这个寡言却有着温暖的眼神的男人。

然而当暮泽听了姝静的决定之后，他却毅然地拒绝了姝静。沧海桑田，暮泽经历了十年变故，他觉得自己这样的人不配拥有姝静的爱情。他只有拒绝才是对她幸福的成全。

在暮泽心里，姝静永远是他最爱的那个人。这辈子，他要用自己的方式去守护她。有时候，放手是为了更好地去爱。

4

离开浩坤那日，我在湖边再次遇见康叔。清晨的风带着一丝清凉，阳光淡淡地落在康叔古铜色的脸上。我能感觉，这是一个温暖的人。

问康叔是否后悔拒绝了姝静，他笑笑说没什么可后悔，因为他觉得自己的爱只会给她造成痛苦。康叔说姝静那样美好的女子，只能放在心里默默守望一生。

所以，拒绝就是他对她最后的爱。

三 你是我心里那一抹温暖

尘世浮华，也许有些缘分会失去，有些缘分不会有好结果。哪怕时间如何撕心裂肺地践踏着回忆，但不要将过去抱得太紧，因为那样你便腾不出手来拥抱未来。

1

新年音乐会排练结束的时候，门外淅淅沥沥的小雨终于停了。小狸收好小提琴，准备回家。

里昂的冬天不算冷，小狸来到这座城市一年多，渐渐习惯了这里的多雨气候。这是一座有故事的城市，如同她自己。它有着几百条穿街小巷，建筑物上有精美的壁画，小巷中有随性的涂鸦……小狸喜欢这座充满着文艺复兴气质的老城市。

一年前，刚刚结束一段感情的小狸被父亲送到法国这座城市。她以Gmat七百分的成绩、通过SAl面试，考取了法国里昂商学院的MIM。自从和柯宋分手之后，小狸决心做回自己。她把一切悲伤化为学习的动力。父亲说，在这里，一切可以重来。

在里昂商学院，除了学业小狸感觉自己最大的收获就是认识了法国女孩伊娃和英国女孩艾拉。在异国他乡，友情可以温暖她的心。

那天刚走出排练室，小狸一眼便看到伊娃和艾拉，当然还有整天跟艾拉形影不离的彼得。认识艾拉和彼得的朋友都知道，他们是一对甜蜜的小情侣。

看见小狸，艾拉兴奋地朝她招招手："小狸。"伊娃走到她面前轻轻拥抱了一下，然后把小提琴接过去。

"小狸，今天排练顺利吗？"彼得问，"我们很期待你的演奏。"

"我希望音乐会上的表现不要太糟糕。"小狸微笑着对彼得说。她从小被母亲逼迫练习小提琴，在国内，她的小提琴早已经考过十级。虽然没有成为专业小提琴演奏家，偶尔上台表演一下还是不成问题的。

几个人一起到咖啡馆小憩一会，便各自散去。艾拉和彼得约了同学去博物馆，小狸和伊娃去老城区逛街。

小狸和伊娃走在著名Bellecour广场，看到一些穿着打扮很潮的孩子，伊娃告诉她，这些孩子大多是阿拉伯与亚籍，近年来移民法国的阿拉伯人不少。

里昂的河边，总有许多人坐在岸边聊天，喝酒。去年秋天，小狸的大部分时间也是一个人素面朝天地坐在这里发呆。自从来到里昂，她基本和国内的朋友断了联系，包括柯宋。小狸想，那个男人和他的新女友米雅大概已经结婚生子。狐狸王子终于如愿以偿地娶了他的公主。

伊娃带着小狸走进老城的穿街小巷，这些小巷如同迷宫一般横七竖八地散布在老城区，她们打算穿过小巷到对面的泰诺广场。

这是小狸第一次来到老城区，兴致勃勃的她拿着手机一路拍照并且乐在其中。当小狸发现自己走在一条三米多长的通道上，那里只有几处昏暗的灯光照明时，她这才意识到自己迷路了。而伊娃早已不知所踪。

于是小狸惊慌失措地拨打了伊娃的电话，伊娃在电话里心急如焚地问："小狸，你快告诉我你在哪里？"原来，伊娃已经穿过小巷准备到达老城区中心的泰诺广场。

小狸看了看周围的环境，一时间无法准确告诉伊娃自己所在的位置。伊娃担心地说："小狸，你看周围有人吗？你可以问一下路过的人怎么到泰诺广场。"伊娃说，我在泰诺广场等你。

原本方向感就差的小狸蒙了，那一刻，已经晕头转向的她直想哭。

　　小狸从一条通道走到另一条通道，想找人问路，可一个人都没有。她越走越急，越走心越凉，回头看看四周，所有的小巷通道好像都差不多。一时心塞，她眼泪一下流了下来。

　　"你好！"一个男人走过来，"你是不是迷路了？"

　　他长着亚麻色的头发和蓝色眼睛，他的睫毛又密又浓，长长地卷起来。

　　当小狸看到他的时候，就像看到了救命稻草。她不顾形象地一边哭一边告诉他，自己想去泰诺广场找朋友，可是找不到出口。

　　"很多外国的游客会在这里迷失方向，一点都不奇怪。"年轻男人微笑，"你来里昂旅游吗？"

　　"我是中国来的留学生。"犹豫片刻，小狸还是把自己的情况告诉了他。"我在里昂商学院读MIM。"

　　"哇，这么巧，我也是这个学校的学生。"男子兴致勃勃地说。原来是个法国人，名叫洛朗，在里昂商学院读

MBA，即将毕业。

一听是校友，小狸顿时又惊又喜，她急急地问洛朗：
"你可以告诉我泰诺广场的方向吗？"

"当然，我会带你去找你的朋友！"洛朗俏皮地眨眨
说，"你似乎还不熟悉老城区，我担心你会再次迷路。"

小狸不好意思地说："是的，我承认我方向感很差。"

当小狸跟着洛朗穿过穿街小巷安然无恙地出现在伊娃面
前时，伊娃激动地抱住她连声说："抱歉，抱歉，亲爱的，
我不该走这么快把你一个人留在后面。"

为了感谢洛朗的帮助，小狸邀请他一起吃午餐。洛朗是
本地人，对里昂每个地方都十分熟悉。伊娃喜欢美食，她强
烈要求洛朗带她们去美食街转悠。

洛朗开玩笑地说："伊娃，你一个巴黎女孩跑到里昂来
读书，是不是因为这里是美食之都？"

伊娃被这番话逗乐了，她笑嘻嘻地说："洛朗你说得太
对了，我早就爱上了里昂的美食。"

洛朗笑说，"Bellecour附近有很多不错的美食和店，肯定能满足你的需求。"

三人很快返回Bellecour，找了一家餐厅心情愉快地共进午餐。饭后，作为吃货的伊娃自然不会错过里昂有名的肉丸子，据洛朗介绍，那家店的肉丸子已经有很多年的历史。

看着伊娃吃得津津有味的样子，洛朗忍不住笑着说："伊娃，你真是个吃货。"

2

临近毕业的洛朗已经开始实习，他有很多时间来找小狸和伊娃聊天。读MBA的学生在被录取前要先有三年的工作经验，所以读这个专业对洛朗来说并不难。

27岁的洛朗看起来很阳光，小狸看得出伊娃对这个笑容灿烂的男人有好感。在她们同租的公寓里，伊娃常常为了邀请洛朗来做客而亲自下厨做饭。

一天夜里，伊娃爬到小狸的床上说，她打算找个机会向

　　洛朗表白。听到这句话的时候，小狸心里莫名一沉，但她听见自己对伊娃说了一句："祝你成功！"

　　周末，艾拉和她的同居男友彼得在家里搞聚会。作为艾拉的朋友小狸和伊娃带了很多水果过去，洛朗提供了聚会所需的红酒。直到聚会前一日，小狸才知道洛朗家在博若莱地区有好几个大酒庄，里昂很多特色餐馆所提供的博若莱红酒多数出自他们家的酒庄。小狸忽然就感觉他们不是同一个世界的人。

　　很多人在屋子里跳舞、喝酒、聊天，大厅里播放着年轻人喜欢的音乐。一开始伊娃就拉着洛朗跳舞，一支接着一支地跳，就好像洛朗是她的专属舞伴。

　　彼得的朋友乔斯邀请小狸跳舞，伊娃和洛朗从他们身边擦肩而过，小狸分明看见洛朗朝自己意味深长地笑了一下。小狸莫名地心跳加速，舞也跳得有些心不在焉了。

　　"小狸，要不要休息？"好几次乱了节奏踩中乔斯的脚，他以为她需要休息。"如果累了，我们可以先去喝杯红酒休息一会。"

"好的。"小狸抱歉地冲乔斯笑了笑。这个戴着眼镜的男孩比她小一岁，听彼得说他是里昂大学的高才生。果然是相由心生，长着一副学霸的样子。

乔斯体贴地帮小狸拿来一杯红酒和一些水果，艾拉在一旁开玩笑说："乔斯，你是不是喜欢小狸？"

"哈哈，我猜他喜欢小狸。"彼得打趣地说，"乔斯，你说对不对？"

乔斯含蓄地笑了一下，一切尽在不言中。那一刻小狸只感觉有点尴尬，只好拿起酒杯顾左右而言他地说："这是今年的博若莱红酒吗？口感真不错！"

"博若莱红酒口感一直都不错。"这时，洛朗朝他们走过来。"不过这是几年前的酒了。你没有感觉到它的味道更醇香吗？"

"当然，这酒口感很棒。"小狸说，"虽然我品不出是哪年的酒，但这酒确实给我带来了味觉享受。"

"如果你喜欢，周末我可以带你去博若莱品红酒。"洛朗的笑容总是如同阳光般灿烂，小狸想，也许女生们正是被他的笑容所吸引。

"洛朗，你只邀请小狸一个人吗？"艾拉意味深长地冲一旁的乔斯笑，一副有好戏看的样子。

乔斯沉默。洛朗落落大方地回答说："如果大家愿意，我非常欢迎大家去我的酒庄做客。"

"那么我也可以去吗？"说话间，伊娃突然出现。奇怪的是她看起来表情怪怪的，"我可是小狸的好朋友，你总不能只请她一个人吧？"说着，伊娃似笑非笑地看着小狸。

洛朗微笑着说："伊娃，你当然可以一起去，我们是朋友。"

"洛朗，你总算承认我们只是朋友。"伊娃神色复杂地看了我一眼，"但你为什么不直接告诉小狸你喜欢她？"

伊娃的这番话让在场的人都吃了一惊，小狸一时间成为焦点。她慌忙解释说，"伊娃，你误会了，我们……"小狸想告诉伊娃我和洛朗之间没什么，结果却越描越黑。大家看她的眼光充满了好奇。

"不用解释，小狸。"伊娃伸过手来拥抱了她一下，"洛朗他喜欢你，这不是你的错。"

小狸想起前不久的那个晚上，自己才对伊娃说祝她成功，不想刚过几天洛朗就拒绝了伊娃。那一瞬小狸心里很难受得想哭，她不知该如何安慰伊娃。

"很抱歉，伊娃。"洛朗叹一口气说，"我真的很喜欢小狸。"

洛朗话音刚落，一直沉默的乔斯转身便离开。彼得尴尬地追出去，大概是安慰乔斯去了。小狸差点忘记，彼得是乔斯的死党。

艾拉神色凝重地盯着洛朗，半晌才开口："洛朗，你真的喜欢小狸吗？你知道，她和我们不一样，如果你不是认真的，请不要打扰她。"艾拉知道，小狸曾经的伤还在愈合中，她再也折腾不起。

"艾拉，洛朗是真的喜欢小狸。"伊娃神色黯然地说，"我们跳舞的时候他已经告诉过我。"

听见伊娃这么说的时候，小狸心里很难受。欢愉的情形渐次退远，她拿起一杯红酒，逃避地往花园走廊走去。小狸无法平静地面对这一切，她需要一点时间来缓冲一下。其实小狸心里承认自己对洛朗有好感，但曾经的伤让她在爱情面前变得胆怯和犹豫。她不知道自己是否还能再潇洒地去爱一回。

思潮漫漫之际，洛朗悄然而至。他把一件外套套到小狸身上，用一种从未有过的语气对她说："小狸，我是认真的，请你相信我。"

从来没有听过这么温暖的话，小狸的鼻子有点发酸。她犹豫地说："洛朗，我受过伤，现在的我变得很怯弱。我不知道自己能不能勇敢地去面对新的感情。"

"我理解，小狸，我会给你时间。"洛朗凝视着她的眼睛说。

看着洛朗认真的表情，小狸一时间心乱如麻。

3

周四的下午，小狸像往常一样在图书馆里看书。她握着一支米白色的钢笔记笔记，笔杆上写着两句话：Miss all over the world for you（从明天起做一个幸福的人。）这是洛朗送她的钢笔，他知道她喜欢米白色。

午后的阳光慵懒地透过玻璃窗沿着斑驳的墙壁悄无声息地移动，小狸偶尔抬头，却看见洛朗正站在玻璃窗外，一个人若有所思地望着窗内的她。四目相对的一瞬，洛朗绽开了灿烂的笑容。

"你怎么知道我在图书馆？"走出图书馆大门，小狸径直朝洛朗走去。她奇怪这个时候他怎么还待在学校。

按照惯例，每周的周五下午洛朗都会回家和家人度周末。有时候他会直接去博若莱的酒庄，因为毕业后他就正式接手酒庄的生意了。

"已经和我妈妈说了，这周不回去。"洛朗微笑着看我，"小狸，我想带你去安纳西玩几天。"

安纳西？小狸吃惊地望着洛朗，这不是她一直想去旅行的百年老城？自从到里昂后，小狸就有个小小的愿望，希望在自己毕业前能去一次安纳西。

"真的吗？"小狸几乎欢呼雀跃起来，"伊娃和艾拉她们一起去吗？"

"如果你希望，我们可以邀请她们一起。"洛朗笑着说，"我的朋友雅各布正好也想去安纳西度周末。"

他们一行六人，愉快地开始了阿尔卑斯山林的童话——安纳西百年风光之旅。

两辆英国路虎越野车从里昂出发，向着安纳西的方向走。彼得和艾拉开一辆车，小狸和伊娃、雅各布坐洛朗的车。一路上，热情幽默的美国帅哥逗得伊娃笑声不断，也让他们的旅行充满了欢乐。

六个人当中，只有小狸一人没来过安纳西。途中遇到不曾见过的绝世美景，很是勾魂摄魄。小狸发现越接近瑞士的土壤，越能感觉到阿尔卑斯地区独有的清冽气息，雪山上的积雪融化，形成宝石般晶莹剔透的湖泊。很多时候她都安静地欣赏着车窗外的绝美风景，几乎不能呼吸。

安纳西湖的美远远超出了小狸的想象，整个湖面泛着一种晶莹剔透的蓝色，远远看过去仿若一滴蓝色的眼泪。

站在湖边，小狸像被魔化一般莫名的想流泪。洛朗静静站在她身后，伸过手揽住了她的肩膀。这个法国男人总是那么温和、善解人意，跟他在一起，小狸只觉心安。

此刻的三月，大草坪场只有为数不多的几个游人，艾拉和彼得坐在一棵树下旁若无人地亲热，而雅各布拉着伊娃跑到情人桥上拍照去了。

小狸和洛朗沿着湖边漫步，微微透着寒意的风拂过湖面，泛起阵阵涟漪。黄昏的安纳西湖尤显静谧。

夜幕降临，远近高低的红色房顶连成一片，将近处的门楣窗扉融进远方的袅袅炊烟，汇成阿尔卑斯山林间至美的景致。

洛朗带着几个朋友直奔一家专做萨伏伊菜的饭馆。这是一栋中世纪的老房，他们几个人顺着屋内老旧逼仄的楼梯走上二楼，小小的门面背后是古朴安静的天井，斑驳的石刻墙壁如同一张沧桑的布满了岁月印迹的脸，推开餐厅大门，室内亮着一盏盏烛台，并且播放着令人轻松愉悦的音乐。

大家坐在酒香四溢的桌子前，伊娃和艾拉迫不及待地翻开了侍者递过来的菜单。

迅速点好菜之后，侍者麻利地端上一套造型奇特的设备，浸满油脂的木板上插着一种铁制品，上面盛有巨大的半圆形奶酪。插电后铁板迅速加热，不多一会，奶酪上层开始起泡变软。

洛朗熟练地掀起加热后的奶酪下面的铁架，用铲子一样的铁板往下刮，融化后丝丝层层醇香扑鼻的热奶酪落入盘中。早已饥肠辘辘的几个人各自配上煮熟的小土豆、香肠和腌黄瓜，津津有味地吃起来。

　　第二天早晨，整个安纳西小镇仿若一个刚刚从梦中醒来的孩子，变得十分喧闹。市集上摆满了各种水果蔬菜，路边的小店里挂着的块头惊人的巨型奶酪，早起的妇女们手挎篮筐边走边聊天……艾拉和彼得赖在床上睡懒觉；伊娃和雅各布坐在露台上一边慢慢品尝美味的早餐一边谈笑风生，从里昂到安纳西不过两天，他们已经熟络得像认识多年的老朋友。洛朗悄悄地牵着小狸穿过人潮熙攘的人群，再次来到安纳西湖。

　　他们跨过湖岸前方的小桥，到安纳西的地标建筑——岛宫，这里地处安纳西老城中央的小岛上，建于1132年，是一座造型独特的三角形建筑。

　　两个人沿着岛宫南边的石板小路盘旋而上，很快到达安纳西城堡博物馆，这里曾是日内瓦伯爵和萨伏伊王室的驻地，城堡内矗立着12世纪留存至今依然坚固的王后塔。

　　一起登上城堡的露天平台，映入眼帘的是醒目的红色房顶，碧蓝的湖泊，翡翠色的青松，以及远山延绵不绝的皑皑白雪……老旧的钟楼传来中世纪的钟声，这样的风景，尽管已存在了几个世纪，却依然动人心魄。

站在城堡上，洛朗问小狸："喜欢这里吗？"

小狸望着远处的阿尔卑斯山，微笑着点了点头。"如果你喜欢安纳西，以后我们周末可以常常过来度假。"听了洛朗这番话，小狸怔了怔，刚想抬头看他的时候，他突然吻住了她。

那一刻，冬日余晖下泛着金光的安纳西老城，如同童话里的国度，以及洛朗温热的唇，一起深深地烙进了小狸的梦境里。

4

返程的路上，雅各布开车。伊娃坐在副驾驶座位上，两个人有说有笑，俨然一对情侣。

自从知道洛朗的心思后，伊娃似乎对他死心了。在处理感情的问题上，小狸很欣赏伊娃的果断和潇洒。她想，如果自己有伊娃一半潇洒就不会被柯宋伤得这么深。

车子驶入里昂的时候已是黄昏，地上有些潮湿，估计不久前刚刚下过雨。街上的灯光渐渐亮起，车窗上反映着五光十色的光斑。

小狸的手机铃声响了起来。正奇怪这个时候是谁打来电话，拿出包里的手机一看，原来是父亲。小狸心里有点忐忑，平时很少接到父亲的电话，难道他有事相告？

"小狸——，爷爷奶奶住院了。"果然，那头传来父亲疲惫的声音，"你在那边过得怎么样？"

小狸大吃一惊，她说："我很好。"可心里却有种不好的预感，"爸爸，爷爷奶奶病得很重吗？"

父亲没有直接回答她的问题，他只叹了一口气说："你最好能回来看看他们。"说完，没等小狸反应过来，那头已挂了电话。

小狸拿着手机愣了好一会儿。她无法相信自己的耳朵。奶奶身体一直不好，几年前就开始有些老年痴呆症。

爷爷一直陪伴在她身边，像一个父亲对女儿一样细心呵护着。没想到一向硬朗的爷爷也病倒了。

看见小狸神色凝重，洛朗关切地问："发生什么事了？"

小狸艰难地把事情告诉了他，她说："我可能要回家一段时间。"

"没关系小狸，明天我陪你去请假！"伊娃安慰我说，"爷爷奶奶会好起来。"

几个人一起回到小狸和伊娃合租的公寓，洛朗和雅各布开始上网查机票。洛朗一边在网上订机票，一边头也不抬地说："别担心，我陪你回中国。"看小狸一脸的惊讶，他又解释说，"毕业论文我已经提前完成了，这段时间学校没什么事。"

两个人风尘仆仆地赶到锦城。小狸给洛朗安排好住宿酒店后，叫他先留下休息倒时差："你好好睡一觉，我先去医院一趟，回来再找你。"但洛朗不放心她一个人去医院，他想陪在她身边。看洛朗眼神坚定，一副坚持的样子，小狸只好答应他陪同。

　　给父亲打完电话，小狸和洛朗匆匆赶到医院。雪白的病房里充满了消毒水的味道。小狸看见爷爷奶奶插着吸氧管分别躺在相挨的两张病床上，奶奶处于昏睡状态，她不知道周围发生了什么事，小狸想哪怕奶奶醒着也已经不记得她是谁。爷爷眼睛半闭着，但一只手一直紧握着奶奶的手。爷爷满脸倦容，嘴里却在喃喃自语："老太婆，我们的50年结婚纪念日看来没机会过了……但是没关系，我会一直陪着你……"

　　爷爷奶奶结婚五十年，恩爱一辈子，哪怕是卧病在床，爷爷对奶奶还是这么体贴。爷爷对奶奶的爱，那么纯粹，那么执着，让小狸感到心疼。转过头，看到洛朗的眼睛也红红的，他伸手揽住她的肩，那一刻小狸忍不住埋在他胸前泪如雨下。

　　晚饭的时候，父亲为了感谢洛朗的帮助特地请他到家里做客。对于洛朗和小狸的关系，父亲没有过问，他只对小狸说了一句：这男孩看起来靠谱。

得知爷爷奶奶准备迎来50年结婚纪念日，洛朗建议在病房给两位老人庆祝。大家都清楚，也许这是爷爷奶奶最后一次过结婚纪念日了。

这天，家里的亲戚都过来看望爷爷奶奶。经过医院的同意，他们给两位老人准备了一场简单却有意义的结婚纪念日。奶奶大部分时间仍然在昏睡中，只是偶尔微微睁开眼睛看一眼爷爷。也许在她心里，这个世界上唯一不变的存在只有爷爷一个人。

小狸把一束百合花放到奶奶床头的柜子上，轻轻对奶奶说："奶奶，今天是你和爷爷五十年结婚纪念日，这是爷爷送给你的百合花。"

虽然奶奶没有言语，但她却睁开眼睛望向了爷爷。小狸清楚地看到奶奶的眼睛湿润了。原来她什么都明白。那一刹那，小狸忍不住泪流满面。

一周后，爷爷奶奶双双离世。爷爷在弥留之际，只对奶奶说过一句话：老太婆，不要害怕，我会一直陪着你。父亲说，爷爷奶奶走得很安详，他们这一生也算圆满了。

5

回到锦城多日，小狸多数时间都待在家里发呆。爷爷奶奶去世后，家里一下变得冷清许多。在此期间，洛朗总是默默地陪在她身边，没有太多言语，他知道她需要安静。

遇见鸢儿那天，锦城刚刚下过一场小雨。那天黄昏，小狸像大多数锦城人一样，买张地铁票，穿过地铁口走进不太拥挤的地下铁。小狸给洛朗电话，让他到酒店大堂等着，他们一起去看一场电影。

走出站口的时候，小狸突然看到了迎面而来的鸢儿。四目相对，鸢儿露出了惊讶的表情。

"小狸，真的是你吗？"鸢儿显得有些激动，"一年多不见了，你究竟去了哪里？"

小狸淡然地回答说："我去了里昂，我在里昂商学院读

MIM。"

"哦。"鸢儿若有所思地点点头，"你知道你走后发生了什么事吗？"

小狸苦笑："你是不是想告诉我，柯宋和米雅结婚了？他们有了孩子？"小狸没有想到，当她亲口说出柯宋的名字那一刻，她心里还是有点难过。

鸢儿摇了摇头，她抬起下巴认真地对小狸说："不，他们没有结婚。米雅也没有怀孕。"

听到鸢儿这番话，小狸震惊极了。她喃喃道："你说什么？我怎么听不懂？"

原来，伤心欲绝的小狸离开锦城后，柯宋正准备和米雅去登记结婚。但就在他们去登记之前的一天，鸢儿忍无可忍将一切真相告诉了柯宋。鸢儿说，其实米雅并没有怀孕，那段时间她只是例假不正常停了两个月，她却以为自己怀孕并告诉了柯宋。事情的结果是柯宋大受打击，他愤怒地选择了分手。柯宋之所以选择分手并不是因为米雅没有怀孕这件事，事实上后来他也知道怀孕这事只是一场误会；导致柯宋选择分手的最终原因是，他觉得已经阅人无数的米雅欺骗了自己。柯宋为自己轻易放弃了小狸悔恨不已。

"小狸，你走之后柯宋一直在找你。"鸢儿说，"他甚至还去找过你爸爸，但是伯父没有给他机会。"

小狸陷入了长长的沉默中，对于这样的结果她感到十分意外。直到这一刻，她仍然觉得柯宋这个名字如同病毒如影随形。

"小狸，我不相信你真的忘了柯宋。我觉得如果你不去见他一面，你这辈子会留下遗憾。我还是希望你们能够当面说清楚。"临走前，鸢儿要了小狸的电话。她觉得哪怕是最后一次，小狸也应该勇敢地去见柯宋一面。

电影院里播放着《爱乐之城》，已经是即将下架的片子，影院里观影的观众少之又少，几乎成了小狸和洛朗的包场。这场电影小狸看得有些心不在焉，影片到底在说什么她一点都没看进去。

就在电影即将结束的前十分钟，小狸的手机振动了一下，她拿起来一看，竟然是柯宋。他发来了一句话：小狸，我想见你。明天上午十点半我在彼岸咖啡馆等你。小狸叹了一口气，默默把手机放回包里。

电影散场后，小狸和洛朗沿着杨柳依依的河堤散步。刚刚下过雨的河面上飘浮着浓浓的水雾，一些萤火虫在袅袅烟雾中若隐若现。在他们准备踏上石阶过桥的时候，洛朗忽而揽过小狸的肩膀低下头轻轻吻了一下她的额头，小狸不由自主地紧紧握住他的手，而他把脸贴着她的发际，在她耳边轻声说："嫁给我，从现在开始把他忘了。好吗？"

小狸怔了怔，那一瞬间她想答应他，可脑海里不由自主地出现柯宋的短信。那行字在她脑子里不断地浮现、放大，让她脑袋肿胀。于是小狸选择了沉默。

在酒店门口分开的时候，小狸对洛朗说"晚安"。他缓缓松开她，给了她一个无可奈何的微笑。转身离开时，小狸心里涌起一阵阵的难过，那一刻她觉得自己的心很累。如果不能和柯宋见一面，也许就如鸢儿说的，她会后悔。她想，无论如何我们之间应该有个了断。

小狸亦想找回自己的心。

6

在锦城的那个明媚的早晨，小狸和柯宋面对面坐在彼岸咖啡馆。光阴似箭，他们居然有差不多两年时间没有联系了。

这家咖啡馆他们曾经来过几次，偌大的锦城，小狸只记得它。咖啡馆里播放着熟悉的轻音乐，小狸看着眼前这张熟悉的面孔，不知为何心里却感觉有些陌生。两年不见，柯宋几乎没有太大的变化，只是眼神里多了几分安定。当小狸面对着他的时候，眼前浮现往事的某些片段。有瞬间的伤感，仿佛潮水在内心里涌动。

柯宋说："小狸，你变了。这才是真正的你，不是吗？"

小狸心头一颤，继而淡淡地说："也许吧！"

"我们还有机会在一起吗？"柯宋神色凝重地问，"我的爱尚未过期，你可愿意嫁给我？"

小狸苦笑："柯宋，你不觉得你这句话说得太晚了吗？"曾经以为自己无法放下为之付出了很多的这段感情，可当她面对柯宋的时候，却感觉他们之间早已拉开了一条河，谁也无法到达彼岸。原来，感情这东西也会时过境迁。

"假如你对我还有一点感觉，我们什么时候都可以重新再来。"柯宋说，"小狸，你能原谅我吗？"

小狸摇摇头："柯宋，你我之间的情分在你遇到米雅的时候就已经结束了。我来见你，只是想跟过去的一段感情告别，时至今日，我想自己也应该放下了。"

好长一段时间，彼此陷入沉思中。气氛忽而变得有些沉闷。耳边依然飘荡着熟悉的音乐，很轻很暖，可是小狸已经没有当初的感动。

许久，柯宋神色黯然地说："小狸，我真的没有机会了吗？"

"我们——不可能了。"小狸站起来，对他微笑，"我得走了。再见，柯宋。"没有再看对面的男人一眼，她快步走出了彼岸咖啡馆。

他们之间爱与不爱对她而言，已经不那么重要。小狸想，这大概是最好的结局。

回到家的时候，小狸正想打电话叫洛朗过来吃饭。刚刚拿起电话，手机就嘀的响了一声。奇怪的是，竟然是洛朗的短信。

"小狸，感觉到这两天你有心事，我知道你心里在犹豫什么。我猜你早上出去见的人是他，但我不怪你。直到现在我都没有后悔自己选择了你，因为我忠诚于自己的心。你知道的，我很爱你，即使你并没有那么爱我。

"我不是一个轻言放弃的人，直到此刻我仍然希望我们之间会出现奇迹。亲爱的，我们的登机时间是下午两点。我会一直在机场等你。如果你还要我，请你跟我一起回里昂；如果你放弃，我只希望我们再见时还是朋友。"

看完短信，小狸的眼泪一下涌上来。这个傻瓜，他怎么可以这样，这样不相信自己。转身的一瞬，她看见父亲。

"小狸，早上洛朗来找过你。他说他要回里昂了，离开的时候我感觉他很伤感。"父亲心知肚明，"你真的要放弃一个这么爱你的人吗？"

小狸鼻子一酸："爸爸，我不会放弃洛朗。所以很抱歉，女儿不能多陪您了。"

"去找他吧！"父亲脸上露出温和的微笑，"记得下次放假和他一起回来！"

小狸擦掉眼泪，顾不上收拾衣服，飞快地直奔机场。偌大的候机厅里，一个长着亚麻色头发、眼睛蓝如阿尔卑斯山下的湖水一样的男人正焦急地盯着入口处。当小狸出现在他眼前的那一刻，他那双清澈的蓝眼睛一下便亮了。

"亲爱的，我一直在等你。我们——一起回家。"他脸上绽开了一朵阳光般灿烂的笑容。

四　一场朦胧岁月里的镜花水月

这世界上并非只有某一个人能让你幸福，哪怕再刻骨铭心的爱情，如若他来得不是时候，你们终究会劳燕分飞。假如爱有天意，总有一天会有一个对的人在恰当的时间出现，这才是你命中注定的那个人。

1

润芝是我小学同学，自初一那年我随家人搬至绿城之后我们便疏了音讯。多年后，老同学辗转找到我，把我拉入了微信班级群。

十几年没见的同学，在群里叽叽喳喳地聊开了。很多同学已经不记得我，只有一位男同学开玩笑说了一句："丹玛，我只记得你是我们的班花。"大家纷纷哄笑，男生们七嘴八舌地逼问男同学是不是曾经暗恋过我。最后，润芝一个人跳出来认真地对我说："丹玛，我们都想你。"

分开十几年后，我和润芝第一次见面。那天晚上，绿城刚刚下过一场阵雨，润芝突然打来电话说她来绿城探望亲戚，想约我去星巴克见个面。当穿着白色帆布鞋的润芝出现的时候，我一下便认出了她。润芝依然爱笑，甜甜的小酒窝若隐若现，容易让人心生好感。只是这样纯良的女子感情之路却颇为不顺。润芝告诉我，她刚刚结束一段感情，那个男人是她的初恋。

18岁那年，润芝在网上玩手游认识了28岁的明皓。那时的润芝游戏玩得很烂，在网上玩游戏的时候除了明皓谁也不屑理她。两个人在游戏中玩出了革命同志的深厚感情，离开游戏后他们转移阵地加Q继续聊。彼此熟悉，润芝才知道明皓在香港经营公司，并且已婚。那一年，润芝和明皓一直在网上热聊，如同相交多年的知己。润芝没有想太多。

润芝刚到北京上大学的那个秋天，作为一个刚到北方生活的南方女孩由于水土不服终于病倒了。那时她一个人孤零零地在异乡求学，心里被一种浓浓的乡愁包围着，让她几乎窒息。

没有课的时候，润芝唯一的娱乐就是上网和明皓聊天。她说，每当打开QQ看到明皓的头像在闪动莫名会心生暖意。

润芝告诉明皓自己正在生病，明皓问她是否还发烧，并且细心地叮嘱她多喝水。润芝心里有些感动，那时只觉得自己像一片秋天的落叶，离开了枝头，经历了飘零的过程终于落到地上，心里感到特别踏实温暖。

那天准备下线时，明皓说："过几天忙完公司的事情我就去北京看你。"虽然知道这只不过是明皓客套的安慰，可润芝还是相信了他。

说到这里，润芝自嘲地笑了一下说："丹玛，你是不是觉得我特傻？这种客套话也信以为真。"我微笑，"你选择相信并非是你傻，而是你喜欢他，你不愿意去怀疑他。"很显然，对于自己有好感的人，几乎所有的女子都有这样的心理特征。

接下来的几天，润芝并没有等到明皓的来访。病好之后，随着忙碌润芝渐渐也淡忘了这件事。

2

十一月份，就在润芝生日前一天，她在网上再次看到了明皓。突然一种愤怒冲上心头，她觉得他不应该给自己许诺却又食言。润芝质问明皓："你答应过来北京看我，但你食言了。实现不了的诺言为什么要说出来？对你而言我不过是网络上的一个符号，你没有必要这样客套或虚假。"

明皓沉默了五分钟，润芝以为他生气下线了。但突然间他又发来了一句话："我已经订好机票，明天我飞过去陪你过生日。"原来他只是在打电话订机票。

第二天下午3点，明皓果然风尘仆仆地来到了北京。他告诉润芝，他住在某酒店六楼的行政套房。接到这个电话的时候，润芝还不敢相信这个男人为了她会从香港飞过来。

润芝恍恍惚惚坐上出租车来到酒店，越是走近那个房间心里就越紧张。忐忑不安地叩开那扇门后，眼前出现的是一个陌生的、瘦瘦高高的男人，他有一双像莫少聪那样的大眼睛，睫毛很长，眸子清纯，有着孩子般的眼神。想不到现实中的明皓是如此帅气的男人。几乎是在那一瞬间，润芝就爱上了这个男人。

出于矜持，润芝没有表现出太多的热情。两个人在安静的房间里淡淡地聊着一些无关紧要的话题，直到那时候润芝才知道明皓是一个香港上市公司的老总。

润芝笑笑说，"丹玛，你不会也以为我是看上他的条件才喜欢上他吧？"我说，"怎么会呢？"其实我并非是奉承润芝才那样说，凭我对她的了解我知道她是真的爱上了明皓。

　　那天下午，润芝和明皓在酒店共进晚餐。饭后，明皓叫润芝在酒店等他，他说他出去见个朋友。不想半小时后，再次出现的明皓手里多了一个精致的生日蛋糕。那一刻，润芝感觉自己像掉进蜜罐里，幸福的感觉油然而生。

　　明皓陪润芝一起过完生日，晚上11点才送她回学校。初冬的北京已经很冷，街上行人寥寥无几。明皓走到一家花店，买了一束郁金香，很认真地交到润芝手上。他没有给她任何的承诺，但实际上心里已经默认了他们的爱情。

　　翌日明皓离开北京，之后润芝有大半年没有见过他。为了方便联系，明皓从香港给润芝寄来一台苹果笔记本电脑和一部苹果手机。他们依旧通过网络和电话保持着联系。

3

　　四月伊始，润芝提前修完学期课程。她打电话告诉明皓，明皓说正好他也想休息，因此约了润芝一起旅行。他们计划去上海、苏杭、湖南、海南，然后从香港出发去东南亚各国。

　　四月中旬，明皓带着润芝飞到上海。他们住进了浦东的香格里拉酒店，那是一间靠近黄浦江的观景房。看着外滩的夜景，听着渡轮的汽笛，他们终于融为一体。直到那夜，润芝才从明皓那里得知，明皓家和他太太家是世交，他们的婚姻里没有爱情，只有家族利益。明皓和他太太有了一个孩子之后，两个人就开始分房而居，他们之间只剩下了一纸婚书。

　　但让润芝难过的是，除了她明皓还有其他的婚姻以外的女人。明皓说，他喜欢润芝，所以他不想骗她。可是这个事实还是狠狠打击了润芝，原来她不过是明皓众多女人中的一个。或许明皓曾经与其他女人也在同样的房间，同样的场合亲热与拥吻。

　　润芝自嘲地说："丹玛，你也许会觉得我是个虚荣的女人。你看，他都这么坦白地说出他的经历了，但是我还是舍不得放弃他。"我无言以对。爱情面前，又有谁能真正保持着潇洒的姿态?

接下来的日子,润芝还是跟明皓一起手拉手地逛街、吃饭、拍照、同居。他们像所有热恋中的情侣一样,在黄浦江边热吻,在海南三亚的海滩上追逐嬉戏……而马来西亚和泰国,让润芝知道了外面的世界是多么精彩。

旅行结束回到北京之后,不知为什么润芝在QQ上开始隐身。明皓的电话她也不敢再接。润芝开始感到害怕,她害怕自己陷入一个已婚男人的感情里不能自拔。

就在润芝感觉特别痛苦无助的时候,明皓意外地又出现在她的视线里。看着眼前熟悉的面孔,润芝心里涌起一阵伤感。润芝发现,自己根本无法放下这个男人。

坐在一家咖啡馆里,听着让人心动的音乐,润芝对明皓说,虽然她只是他众多女人中的一个,可她还年轻,不想跟他继续玩这种猫捉老鼠的游戏。听她说这些话的时候,明皓只是沉默着,什么解释也没有。最后,他只说了一句:好好保重身体,然后离开了。

4

很快迎来暑假，润芝没有回家。她在学校参加了研究生的学习班，七月份都要留在学校补习。

有一天，润芝坐在大巴车上心不在焉地看着窗外的街道，车子路过一家写字楼时她意外地看见了明皓的车，是那辆她熟悉的黑色奔驰。润芝心头一颤，但理智告诉她应该放手，再不舍也要放手。等上课回来，再坐上公交车的时候，马路对面的奔驰车已经不见。

润芝心里空落落的，走到公交车最后一排座位坐下。当她偶然往后望时，突然发现明皓的车就跟在公车后面，四目相望，润芝忍不住落泪。

车子刚到站润芝就跑下车，明皓的车也随之停下。由于马路边不能停车，润芝默契地钻进他的车，然后车子开到了一个安静的地方。在明皓的车上，他们紧紧地拥抱了对方。

明皓告诉润芝，他和太太已经离婚。但明皓说他没有办法对她承诺什么，经历过婚姻的他觉得两个人相处虽然一开始感觉都很好，但生活不是童话，相爱的两个人也需要磨合，甚至还要一起承受来自社会、家庭多种因素的压力。他问，"润芝，没有承诺你还愿意和我在一起吗？"润芝没有说话，她用一个吻给了明皓确切的答案。

那年七月底，明皓告诉润芝他打算送她出国读书。幸福来之不易，润芝十分不情愿离开，她害怕在聚少离多的日子里自己会失去这个男人。可是明皓坚持自己的决定，他对润芝说，一个人要为自己的素质和将来考虑，她还年轻，应该多出去见识世界。明皓的话十分有理，考虑再三，润芝最后还是答应了。

出国前的日子是润芝最难忘的，明皓为了和她在一起在北京买了房子。那是一段温馨浪漫的时光，明皓为陪润芝改成长期留在北京，只是偶尔才回香港处理公司的事情。他带来他的儿子一起生活，三人相处愉快，俨如一家人。可爱的小男孩一直都称呼她为妈妈。

润芝说，那是她最幸福的时光。

5

那年十月，润芝在耿耿于怀的不舍中上了飞往异国的飞机。临走前她一直抱着明皓的儿子，两个人抱在一起哭成一团。

明皓一直沉默，只是递给润芝一个袋子，让她上飞机之后再打开。

飞机起飞后，润芝打开袋子里的小方盒，里面是一封信和一枚钻戒。原来明皓送的是订婚的戒指。那一刻，润芝感动得再次落泪。

两年后，润芝学成归国。明皓安排她到公司上班，他们一起运营公司，一起照顾孩子。两个人在一起4年，明皓一直没有提过结婚的事。但他们过得很幸福。

润芝和明皓认识多年，但她觉得自己并不特别了解他。尤其他业务上的种种问题，即使她问起，他也一概含糊。作为明皓的女人，润芝选择无条件相信和支持他。

有一次，润芝因父亲生病动手术得回家照顾老人，明皓安置好孩子后开车送她回老家。由于工作需要明皓没有留下陪她，一个人回了香港。

润芝怎么也没想到，他们这一分开竟然成了永别。最初明皓回到香港后还给润芝电话说一切都好，请她勿惦记。可是等她处理完父亲的事情，再给他电话的时候已经转到了移动秘书。再后来，电话就怎么都打不通了。

突如其来的变故让润芝几乎崩溃。她疯了似的给明皓的父母和朋友打电话，大家都说找不到他。润芝赶回香港，可公司的人都说他已经辞职，而且走的时候还带走了一部分流动资金。她回到他们在香港太子西道的家，人也不见踪影。

润芝疯狂地翻开抽屉想找一丝他离开的蛛丝马迹，最后在床头的抽屉里发现一个文件的复印件，那是一张澳门警方的协查函，还有一张通缉令。通缉令的对象正是明皓。润芝一下崩溃了。

回到自己的城市，熬过了一年时间，在心理医生的调理下润芝慢慢恢复。那时候，她才相信明皓再也不会回来了。好长一段时间，润芝都生活在明皓的阴影中走不出来。

6

两年后，润芝应朋友之邀到深圳发展。四月的一天，润芝像往常一样走在写字楼的大堂里。突然有个没有来电显示的电话，本以为是国外的同学，不经意接了电话才知道是明皓。奇怪的是润芝没有为此感到吃惊，她用一种平淡的语气和他交谈，仿若他们只是久不见面的没有交情的普通朋友。明皓说想见她一面，她没有犹豫就答应了。

时隔两年不见，润芝有种恍然如梦的感觉。但她没有任何怨言，也没有像祥林嫂那样叨叨地诉说自己的遭遇，相反她显得格外的平静。事实上经历过这么多事情之后，润芝的心态已经完全改变。她不再是那个十八岁的小女孩。七八年的时间，大起大落的人生，让她学会了很多东西，也促进了她的成长。

　　润芝和明皓面对面坐着，她发现才两年不见明皓已经变得苍老不少。尽管他还是保持着一贯的干净穿着，但说不出为什么，润芝心里已经没有了最初的激情。甚至多了几分无名的冷漠。

　　两个人像朋友一样聊了彼此的情况。明皓向润芝解释说当时不辞而别是怕自己连累到她，为了保护她才出此下策。润芝笑了笑，感觉这个解释多么苍白无力。润芝没有追问明皓当时离开的具体原因，只是客气地问了孩子和老人的情况。

　　晚上十点，润芝告诉明皓自己要回公司加班。明皓默默地站起来送她。走到公司门口，明皓突然问了一句："这两年你过得好吗？"润芝以为他会问她要不要回到他身边，但他没有。

　　彼此淡淡地道别，明皓很快离开了润芝的视线。润芝知道，明皓这一离开，他们将从此天涯。

润芝说，对于初恋她仍然觉得刻骨铭心，但她不会再为这段感情痛苦不堪。对润芝来说，明皓是她少女时代最纯真的梦，她曾经用心地去爱过他。就算最终分手，她也无怨无悔。

也许这就是初恋。不管是什么结局，都让人怀念。我想，这已经足够。

五 只将完美姿态修凝成霜

他的爱，仿若来自梦境深处的花朵，以最柔软的姿势，定格了时光……那些共同走过的岁月，隔着山长水远的距离回望，一季花开，依旧暖到落泪。

1

陶瓷是我的学生。陶瓷大二的时候，我教过她一段时间的新闻写作课。我们一起逛街，很多时候会被人误以为是同学。

毕业后的陶瓷没有从事新闻行业，进了一家产地产公司做文员。有一天我在微信上问她：你最大的梦想是什么？陶瓷的回答是，她最大的梦想是每天都可以睡到自然醒。

我知道陶瓷大学时交过一个男朋友，毕业前夕和大多数校园情侣一样以劳燕分飞为结局。和初恋男友分手后的陶瓷两年都没再恋爱，小妞说，她已经看破红尘。

可是没多久，这个自称看破红尘的小妞却在电话里对我说："老师，我对一个男人一见钟情。"我只能嘿嘿笑说，祝你成功。

据陶瓷的陈述，她第一次看到沈若惟，是在"苏荷"酒吧里。那段时间她工作不太顺利，周末就约了同居一室的女友小嘉到一家酒吧去喝酒。自从陶瓷结束上一段恋情后，心如死灰，对爱情很是抵触。可是不知为何，当她看到沈若惟第一眼时，心却莫名地动了一下。

陶瓷告诉我，沈若惟看上去有30岁的样子，成熟稳重，给人一种安全感。陶瓷感觉他就像自己已经等了好久的那个人，她很清楚，自己很难喜欢上一个人，而那个男人却让她有种再去谈场恋爱的冲动。

　　产生这个想法的那一瞬间，陶瓷在心里叹气。佛说，我们真实的东西虚幻的感情都是身外之物，不可以执着。但是，明知道爱情会给人带来伤害，可那一刻她仍然想认识他。

　　当时陶瓷离沈若惟很近，她想跟他打招呼心里又很矛盾。陶瓷坐在那里一直看着他，但却不知道怎样才能认识他。后来，陶瓷干脆坐到沈若惟对面的位子，开始一个人喝闷酒。

　　酒喝得差不多的时候，陶瓷终于鼓足勇气走到沈若惟面前和他说话。看到沈若惟身边的女子，陶瓷故意歪着脑袋问他，"她是你女朋友吗？"沈若惟解释说不是，陶瓷微笑，然后，她告诉他说自己想认识他。

　　沈若惟没有预想中的惊讶，酒吧里每天都会发生这样的事情，喝了酒的女孩没什么不敢做。

　　可沈若惟还是向她解释说，那女孩是他的客户的朋友。也许看陶瓷有些醉了，他说，"小姐，要我送你回家吗？"

　　陶瓷摇头，她拒绝了。她说，"先生，这只是一次美丽

的邂逅，天亮后，也许我们谁都不认识谁了。"沈若惟微笑，
"怎么会，这么漂亮的女子，我怎么可能一下就忘了？"

看到陶瓷若无其事地跟一个陌生男子聊天，小嘉吓坏
了，曾几何时她的室友变得如此疯狂？小嘉上前跟沈若惟解
释说，"这位先生，实在对不起，我朋友平时很少这样，她
只是心情不好喝醉了。"沈若惟微笑，很有风度地说，"没
关系，我可以送你们回家。"

陶瓷在一边听了，哈哈笑，她迅速写下自己的电话号
码递给沈若惟，然后伸手向他问要他的号码。沈若惟也不拒
绝，落落大方接过，然后也给陶瓷留了自己的电话。

听陶瓷絮絮叨叨说到这里，我忍不住表示自己的惊讶：
"小妞，你真的这么直接？"陶瓷笑起来："是啊，我就是
这么直接。"所以翌日醒来，蓦然想起前一晚发生的事，陶
瓷心里觉得好笑。她想自己真是醉了，竟然跑去跟一个陌生
男子说想认识人家。笑过之后，陶瓷没把这事放在心上。

可是，就在陶瓷快要忘记这事的时候，没想到沈若惟竟

然给她发来了短信。他问她那晚喝多了有没有不舒服。读短信的那一刹那间，陶瓷心里动了动。

然后，陶瓷回复了短信。

如此一来一往，两个人很快熟悉。

一个周末的晚上，沈若惟对陶瓷说："我们见面吧？"

陶瓷欣喜若狂，她几乎没有犹豫就答应了沈若惟的要求。

2

再见面是在彼岸咖啡馆。

陶瓷说："老师，也许你不会相信，那天晚上我特别认真地化了妆，出门前在镜子前反复照了又照，连小嘉都笑我有强迫症。"我说对的，爱情就是一种强迫症，所以你非爱不可。

陶瓷不置可否地笑了。她告诉我，那晚咖啡厅里的灯光很暗，陶瓷坐在沈若惟对面，眼睛都不敢多看他一下。第一次这样清楚地看到沈若惟，陶瓷心里有说不出的慌乱。她想自己是有点喜欢这个男人了。

陶瓷一边喝着咖啡，一边故意漫不经心地问沈若惟有没有女朋友。他笑笑说原来有过，后来因为他太忙两个人就分手了。

后来的时间，陶瓷没有再问沈若惟什么，彼此淡然地聊了各自的一些工作情况，十一点钟沈若惟就准时送陶瓷回公寓。陶瓷能感觉到这个男子喜欢她，但他却压抑着没说出来。

那天见面后，两个人几乎每晚都有通电话，但是很少见面。因为沈若惟很忙，下了班常有应酬。考虑到他白天工作很辛苦，陶瓷很少给他打电话，但短信却增进了他们之间的感情。

开始和沈若惟交往后，我听陶瓷说她搬离了跟小嘉合住的公寓，为了方便跟沈若惟见面，她在单位不远的地方租了间单身公寓。

爱情原本是让人快乐的，可是自从陶瓷认识沈若惟后，却变得患得患失起来。每次出去见沈若惟之前，她总是一遍又一遍地洗脸，在卫生间的镜子前照了又照。总怕自己会在他面前丢了形象。

有一次，我去看看陶瓷，看到她反反复复地洗脸就叹气："小妞，你不能老这样啊，你这样下去会得强迫症的。你已经很美了，为什么你不自信一些呢。"但陶瓷说，"老师，我真的很爱他。"

此后，陶瓷依旧乐此不疲地反复做着这件事情。

3

周末的晚上，沈若惟带陶瓷去参加朋友的生日聚会。

陶瓷说，这是沈若惟第一次带她到公开的场合露面。在此之前，沈若惟不是没有犹豫过，只是用他的话说，他一直渴望自己喜欢的女人得到朋友的承认。陶瓷知道他要迈出这一步，心里肯定挣扎了很久。

去见朋友，大家看到陶瓷的那一瞬间，人群中果然发出一阵赞叹声。陶瓷从男人们的眼光中读到了羡慕。她为自己给沈若惟挣足了面子感到非常愉悦。

夜并未深，可沈若惟已经微醉。陶瓷看得出沈若惟很高兴，整整一个晚上，他的手都没离开过她的腰。沈若惟看陶瓷的眼光越来越暧昧，笑容越来越意味深长，然后聚会开到一半时，沈若惟带着陶瓷一起玩起了"失踪"。

好长一段时间，他们沉迷于彼此的爱恋中。陶瓷从来都没有如此渴望过一个男人，那段时间，陶瓷觉得特别快乐。

陶瓷说，她本以为自己可以和沈若惟这么快乐地走下去。她想过他们之间的无数个结局，她觉得这样的幸福会持续一辈子。可是后来她发现，这不过是自己一厢情愿的想法。

听陶瓷这么说的时候，我心里涌起一种不好的预感。果然，小妞叹气："老师，如若不是那夜给沈若惟电话，我想沈若惟会披着爱情的外衣自私地与我缠绵到底。"只是事情的真相，发现的如此及时，及时到沈若惟面对陶瓷的追问无处可藏。

事情其实很简单，中秋那夜，陶瓷站在卧室的窗口前望着美丽的烟花，突然就想给沈若惟打电话。只是电话打了许久，另一端却只有嘟嘟嘟的忙音。

沈若惟竟连电话也不接，陶瓷心里感到万分失落。她不甘心地坚持拨沈若惟的电话，直到深夜一点钟，电话终于打通，接电话的人却是一个女子。那女子无比警惕地问了一句，"你是谁，这么晚了还给我老公打电话？"

一言惊醒梦中人。那夜，陶瓷辗转反侧，许久都无法平静地入眠。

翌日找到沈若惟，追问真相，那一刻，沈若惟没有直接回答陶瓷的问话，他低着头，抽着一支烟，没有看她的眼睛。沈若惟的沉默说明了一切。一瞬间，陶瓷的心沉进了地底。

眼泪止不住地狂泻而出，陶瓷只想逃离。沈若惟似乎也很难受，他说："亲爱的，其实我也不想骗你，只是，遇到你我却陷了下去。一直也想找个机会跟你说清楚，可又不知用什么方式说出来才会不伤害到你。原谅我的自私。"

沈若惟哪里知道，不管他找什么机会说，陶瓷都会很伤心。

不用猜也可知，那天夜里，陶瓷一直流泪。沈若惟不停地跟她说对不起，可是说什么都安抚不了她的心。面对沈若惟的道歉，陶瓷一直沉默。她说她感到寒心，那个男人给了她希望，却又让她再一次绝望。

没多久，陶瓷给我打电话说："老师，我跟沈若惟分手了。"我一时不知该如何安慰她，只说了一句："好好保重自己。"后来，听说陶瓷请了十天假去了上海。我想，那是个疗伤的城市。但愿她能卸掉身上的十字架。

我原本以为陶瓷跟沈若惟分开后她会慢慢平静，可是却恰恰相反，她越是逃避就越忘不了沈若惟。回到绿城，陶瓷心里烦得不行，她给我打电话说："老师，我爱他，我不想和他分手，可是我又不愿看他受到良心的折磨。"我说，

"陶瓷，你明知道对沈若惟而言，鱼和熊掌不可兼得。"

其实陶瓷什么都明白，她只是过不了心里那道坎。那夜在酒吧，陶瓷喝了很多，善良的小嘉看她如此难过就给沈若惟打了电话。没多久，沈若惟就赶到了。看到彼此的那一刹那，陶瓷的眼泪很不争气的再次决堤而出。她知道，自己又完了。

两个人狠狠拥抱，然后，沈若惟抱着她说，"我们过完情人节再分开好不好？等我们都平静下来之后再分手？"

毫无疑问，那次见面的结果是，他们又和好如初。

5

有一天，陶瓷对我说："老师，这么跟他在一起我感觉很痛苦。虽然我很爱他，但他终究是别人的男人。"我说，"爱情如何能与人共享？你真的愿意这么奋不顾身地和他走到底吗？"陶瓷沉默了。

痛定思痛，陶瓷告诉我，她决心退出这场三人爱情。

再度跟沈若惟分手，陶瓷忽然感觉疲惫不堪，在爱情面前，受伤最深的仍是女子。

分手的那个冬天，陶瓷离开了这个让她伤痕累累的城市，去了上海。她选择了这个寒冷的城市，算是给自己一个抚平伤口的空间。

好长一段时间，我都没有见过陶瓷。半年后，她突然出现在我面前。陶瓷一见我的那一刻，她一下就哭出了声。

原来，陶瓷于三天前再次接到小嘉的电话。这时候的陶瓷已经逐渐平静。陶瓷问小嘉好不好的时候，她正一个人在黄浦江畔漫步。小嘉的声音在电话里显得急促而哽咽，她说："小瓷，沈若惟他——走了。"

陶瓷以为自己听错，什么？她问，"小嘉你想说什么？"小嘉深深呼吸，努力使自己平静下来。她告诉陶瓷，其实根本没有什么女人，那夜接电话的人是沈若惟的妹妹沈若如。沈若惟并没有结婚。他设计这一切，不过是为了让陶瓷离开自己，因为在他们交往半年后，若惟去医院检查出自己已经是

　　肝癌晚期。他不想让自己心爱的女子看自己一日一日地消瘦下去，甚至目睹自己的死亡。这样做太过自私，太过残忍。

　　一切真相大白。只是，这个事实让陶瓷几乎崩溃。

　　"老师，为什么他要这样做？"陶瓷喃喃地低语，"他为什么这么自私，为什么要自己一个人去面对病痛的折磨？"陶瓷说着，眼泪一如开了闸的洪水奔涌而出。

　　听到这个消息，我感到很意外，心情一下变得沉重起来。

　　我陪陶瓷去见了小嘉。小嘉递给她一个精致的首饰盒说，这是沈若惟临终前让我转交给你的，里面是他为你买了一颗钻戒。小嘉告诉我们，沈若惟告诉她，他对陶瓷的心意就在盒子里。

　　陶瓷小心翼翼地打开盒子，钻戒是心连心的那种，在背面刻着"一生一世"的字样。旁边的一张小卡片上，是沈若惟的亲笔字："小瓷，对不起，很爱很爱你。"

　　那一刻，陶瓷泪流满面。

六 一个人的沧海桑田

那段时间，我经常搭同事老程的顺风车回家。每次车上都循环播放着赵传的一首老歌："当所有的人离开我的时候，你劝我要耐心等候，并且陪我度过生命中最长的寒冬，如此地宽容……当所有的人靠紧我的时候，你要我安静从容，似乎知道我有一颗永不安静的心，容易蠢动……我却忘了告诉你，你一直在我心中……啊，我终于失去了你，在拥挤的人群中……我终于失去了你，在这拥挤的人群中……"这让我感到好奇，为什么他每次都只听这首歌。

我说："老程，想不到你是如此怀旧的人。"他听了，只是一笑置之。

老程跟我同事多年，平日里他喜欢独来独往，很少参加同事之间的聚会。他似乎对每个同事都保持着一定的距离，尤其女同事。我们从来没见过他和任何女子约会，貌似连同性朋友都很少。感觉这个男人有点神秘，我只知道多年前他留美归国，持着纽约大学硕士学位进了我们单位。

办公室里的姑娘们对他十分好奇，一个长相帅气的老男人怎么总是保持单身。据我了解老程已经四十多岁，出身名门，父母都是名牌大学的教授。以他的条件，想嫁他的女子应该不会太少。但奇怪的是他至今单身。

"老程，我每次坐你的车我的耳朵就要遭受一次折磨。"那天，我忍无可忍向老程提出抗议，"你能不能换首节奏轻快点儿的歌？"

老程漫不经心地笑笑，说："我只喜欢这首歌。不过你不喜欢，我可以换另一首。"

"老程，说说你的故事吧！"我说，"我知道，你是个有故事的人。"

"嗯，那已经是很多年以前的事。"老程不置可否地说，"你知道，我回国之前一直在纽约读书、工作，我想说的是，我的每一段感情都是发生在纽约。"

"这么说，是这首歌让你想起了你的初恋？"我好奇地说，"因为你最后失去了她？"

"不，她并非我的初恋。"老程说，"我失去她，恰恰是因为我的初恋。"

"哦。"我突然感觉有点郁闷，"原来你还经历过复杂的三角恋啊。"

"这不是一段三角关系，"老程淡淡地解释说，"我的意思是，她的离开跟初恋有关。"

"好吧。"我说，"我现在很好奇，究竟是怎样的女子能叫你如此念念不忘。"

老程微微蹙眉，似乎陷入沉思中。

1

那年我硕士毕业进了一家公司工作，公司有很多女孩，但让我印象深刻的只有沙子。第一次看见沙子是在很久以前的一个晚上，在公司开的Party上，她一个人坐在无人的角落里独自喝酒。听几个美国男同事说，沙子是美国亚裔，从小在美国长大，但她的性格却不像当地女孩那样热情。

后来在公司里的不同场合我总能遇到沙子，她留着长长的头发，总是一副若有所思的样子。那时候公司里有关于她的传闻，每个人都知道公司总部有一个才女。曾经有不少男孩找借口到她的办公室去搭讪，可她总是很冷淡。此后，"冰山美人"的绰号便传遍了整个公司。

有一段时间，我常常一个人徘徊在公司宿舍后面的走廊上，总是会不经意地遇见住在对面房间的沙子。我对这个女孩有种莫名的好感，那是一个男人对一个女人发自内心的一种欣赏。

　　我们从第一次见面起一直就没有开口说过话。我发现，我们都同属那种低调的人，在公众场合很少露面。可奇怪的是，我们常常在公司餐厅里不期而遇。

　　一个周末的早晨，我和往常一样在公司餐厅用餐，很意外地不知何时沙子也坐到了对面。似乎在用餐的时间里，我们都是这样面对面地坐着。出于礼貌，我向她打了招呼：嘿，昨晚没回家？她点了点头。

　　我一时不知该说些什么，只好笑笑，然后埋头吃东西。餐厅里陆续又来了一些人，沙子的室友凯拉也来了。凯拉看到我的时候眼里明显有了笑意，我知道她对我有意思。但凯拉并不是我喜欢的类型。出于礼貌，我对她微微一笑。

　　早餐结束后，沙子一个人离开。就在那天，我从凯拉那里听到了沙子的故事：沙子相恋四年的美国男友在伊拉克战亡。原来也是一个伤心的女子。

2

那天晚上，我路过办公室走廊时，意外地看见沙子一个人空落落地坐在走廊的长椅上。蓦然回头看到我时，她并没有露出惊讶的表情。她总是这样，不动声色的，似乎什么事情都在她的意料之中。

周末的夜晚，办公大厦静得令人窒息。我们几乎可以听见彼此的呼吸声，空荡荡的走廊上，路灯是惨白的。不知沉默了多久，我才低低地开了口："沙子，你看起来很疲惫。"沙子不语，凝神相望。那一刻，我想起我们在公司Party上初遇时她不动声色的，冷漠的样子。我忽然觉得自己在这个女子面前已经无法做到心如止水。

我轻叹一声说："沙子，我送你回家吧，明天你可以好好睡一觉。"沙子没说什么，但她站起来默默地随着我走出空荡荡的办公大厦。离开公司，我拦了一辆出租车。

我们在烟雨迷离的午夜时分回到沙子的住处。那是一间单身公寓，沙子为了方便工作从家里搬到这里来住。每个周末，她都一个人回公寓休息。

在昏暗的楼道里，沙子掏出钥匙开了门。房间里一股淡淡的干花味扑鼻而来，这是一种让人喜欢的花香，闻着感觉很舒服。房间里一片昏暗，我们在黑暗中沉默了几秒，然后沙子伸手要去开灯。就在她伸手的一刹那，我迅速捉住了她的手。那一刻，我感觉我们是一样的孤独。

我用手指轻轻拂过沙子的脸颊，我叹一口气低低地说："你让我不得平静，沙子。"沙子无言地把头埋进我的怀中，黑暗中，我听见她在低唤："逸炜，为什么我们要走那么多的弯路才能相遇？"我感觉她的手在微微战栗，我知道她在努力地克制着自己。

几乎是瞬间，所有的压抑突然崩溃……那一夜，我留在沙子的公寓没有离开。

我们开始避开公司里的同事偷偷约会，沙子依旧忙碌着办公室的文案工作，时而规矩时而新潮地打扮着自己。

我总是远远地等她下班，遮人耳目。其实我们在一起已经渐渐成为众人怀疑的事情，可我们在他人面前却一直保持沉默。我发现自己竟然习惯并迷恋上了这种偷偷摸摸的感觉。

3

圣诞节的晚上，纽约的上空下起了少见的雨。大片大片的雨雾纷纷扬扬从天而落。

那天晚上，我和沙子一起倚在沙发上看电影。画面上一个美丽而哀怨的女孩在对她深爱的男人说："我不是你今生的唯一，我们结束吧。"漫天飘雨的街头，终于只剩下雨的声音。

看完电影的那一刻，我拥过沙子，心里有一种酸楚的感觉。我想起了自己的初恋，然后我开始给她讲自己的故事：我以前的女朋友是从国内一起到纽约留学的大学同学，我们在一起三年后，她最终选择了能给她绿卡的男人。我无法在原来的公司再待下去，因为所有的人都目睹了我们三年的爱情。所以我来到了现在的公司。这就是我不快乐的原因。

听着这个故事的时候，沙子一直沉默。我感到她在轻轻打着寒战，就把外套解开，然后把她的手放了进去。沙子脆弱地对我说："抱抱我，好吗？"我抱过她单薄的身体，用手抚摩着她的脸颊，并低下头来亲吻她。我知道自己的这个故事已经伤害了她。我有点后悔。

这天夜里雨一直在下，早晨醒来的时候，沙子依旧紧紧地抱着我。在我的怀抱里，我闻到一种熟悉的温暖气息。那是一种属于沙子的清香味道，是我一生的渴望。我望着还在熟睡的女子，心里有些感动。我知道沙子很在乎我。她就像许茹芸歌里唱的那样："爱到极度疯狂，爱到心都匮乏，爱到让空气中有你没你都不一样……爱到像狂风吹落的风筝失去了方向。"我忽然感觉到自己有些伤感，我害怕会辜负了这个深爱着自己的女人。

4

　　沙子二十六岁生日之夜，我突然接到初恋女友梅朵的电话。梅朵在电话里哭着对我说："逸炜，我现在在医院，你可以过来看看我吗？"我知道她过得并不好，她的美国男人每次酗酒之后都打她。我想，如果不是迫不得已她不会打我的电话。我没想太多就赶到医院看梅朵去了。

　　当我看到梅朵的一瞬间，我的心像被针扎了一下，眼前的女子已经不是我所认识的梅朵。她精神憔悴，双眼无神，看上去比实际年龄老许多。

　　我问梅朵为什么会这样，她男人怎么不陪着她？梅朵一边流泪一边告诉我，那个男人因为赌博这两年已经把家产输光了。最近，因为她不肯交出自己的私房钱他竟然打她。最后，梅朵哭着说："逸炜，我想跟他离婚。"

　　晚上，我一直在医院陪着可怜的梅朵，过了半夜才蓦然想起沙子的生日。我往家里打了电话，因为不好直接告诉沙子自己陪的是前女友，顺口就撒了个谎说一个朋友住院需要他陪伴。沙子在电话的另一头沉默，见她没说什么，我就挂了电话。

那晚以后，不知为什么我感觉我们在单独相处时总会显得局促不安。从来都不曾如此拘谨的女子，让我感到很陌生。

周末我没有出门。沙子给我做了我最爱吃的酱仔鱼。整个吃饭过程中，沙子几乎没有主动说过一句话。沉默得让人感到不安。我了解沙子，如果不开心她就这样。彼此安静地吃饭，过了许久，沙子才长叹一声说："逸炜，生日那晚你为什么要骗我呢？你以为我真的相信你在朋友那儿吗？"说着，她的眼泪一下就溢满了眼眶。

沙子盯着我的眼睛继续说："其实那天晚上我知道你在医院陪她，你知道吗，你不应该撒谎，你一撒谎就说明你心里有不可告人的秘密。"

我一时语塞。她还是知道了这件事。我想，这世上没有不透风的墙，她肯定是从我朋友那里得知了事情的真相。

半晌，我艰难地做出解释："她已经结婚，可婚姻并不幸福。她嫁的美国男人知道我们的过去，一直对我的存在耿耿于怀。那个混蛋这两年一直在赌，把家里值钱的东西都赌光了。如果不是那个混蛋打了她，她不会找我。你知道的，她在这个城市举目无亲。沙子，你不会真的介意吧？"

沙子无言地叹了一口气。

5

那以后，我的生活变得忙碌起来。我回家的时间越来越晚，因为我要花时间去照顾梅朵。这期间，沙子变得越来越沉默，但她从来不过问我的去处。我一直想跟她解释，但每次看到她忧郁的眼神就失去了勇气。我想，等我帮助梅朵渡过难关后，我一定会向她解释清楚这一切。

元旦那晚，我们在一起吃饭的时候，沙子终于还是跟我提起了梅朵。她说："今天强尼给我打电话，他说他看见你和一个看起来很憔悴的中国女人在一起，你带她去买了一双皮鞋。"说着，她淡然一笑，然后用一种轻松的语气说，"我跟强尼说，那是你刚刚从国内来看望你的姐姐。但我知道，你姐姐不会来纽约。我清楚和你在一起的女人是谁。我本来可以装作什么都不知道，可是我对你已经完全失去信心。"沙子说完这些话后，就再没有看我一眼。她的沉默让人感到害怕。

几日后，我处理完梅朵的事情。我决定跟沙子交代清楚自己和梅朵的事。可是我还没来得及和沙子交流，我满腹的话没能让沙子听到。沙子在一个雾雨蒙蒙的早晨离开了。她没有留下一句话。

我疯狂地四处寻找沙子，也曾登过报纸，可是偌大的纽约竟无法寻到她的踪迹。我大病一场后，又恢复了单身生活。等一切都成为过去，真正冷静下来，我才明白，沙子已经走远。沙子一直是那种沉静、敏感而骄傲的女子，以她的性格，最终会选择分手。

　　午夜梦回，我在半梦半醒之间感到心痛不已。我伤害了自己这辈子最爱的女子。沙子，那个像云一样安静的女子，我终于失去了她……

　　老程的故事让我唏嘘不已。老程说，他纯粹只是想去帮助一下生活困苦的前女友，如同他自己所言，哪怕对方只是同学，他也应该伸出援手。他明明那么爱沙子，明明是那么纯粹的一份爱。可结果却让人感到遗憾。

　　忽然发现，纯粹有时候也需要勇气，纯粹有时候更是一种残忍。

七　爱很短，遗忘很长

那个漫长的夏季至今留在他的记忆中。滑过的时光，一切光影斑驳，隐约模糊得仿佛已经是前生的事情。对他来说，最美的爱情不过存在三日，可这段感情却需要很长的时间去遗忘，也许是一辈子……

1

别人问什么是爱情，苏白总是扔两个字——垃圾。对他这个靠摄影混日子的人来说，不需要爱情，只需要激情。只是最近一个月苏白一个单子都接不到。

收到纱纱发来分手的短信时，苏白正在跟好友家其在酒吧喝酒。微醺之际，他眯着眼睛盯着手机的屏幕，那上面写着："对不起，苏白，跟你在一起总感觉不到未来，我们还是好聚好散吧。"这是第三个女朋友发来的分手短信，女人，说分手时总是没有勇气面对面地说出来。

随手把短信删除，苏白心里的落寞随着酒精的升华而渐渐剧增。他开始走神，发呆。奇怪的是，心里却没有想要挽留纱纱的冲动。

夜里回到家，苏白一进门就听到小乔在叫个不停，那是他收养的一只九官鸟，几年来，几乎只有小乔陪他度过一个又一个落寞的夜晚，除了那些离开的女人。有时候，苏白觉得鸟比女人要可靠。

习惯性登入那个据说是同城交友的网站，正当苏白在网上聊得起劲时，家里的门铃异常尖锐地响了起来。夜深人静，竟然有人如此冒失，他一下怒由心生，冲出房间，拉开房门就破口大骂："有病啊，这么晚按别人家的门铃！"

可是话音刚落，苏白看到站在门外的是一个眼睛很大的年轻女孩。看到他凶神恶煞的模样，她显然受到了惊吓。

"对不起，"女孩啜嘘着说，"这么晚了还来打扰你。"

"你是谁？这么晚来按我门铃，是不是发生了什么事？"看到女孩一副怯生生的样子，苏白的语气不由软了下来。看他语气友善，女孩这才说："我叫姜凉，三天前刚搬到你对面，今天早上忘记带钥匙出门，打房东电话又没人接听，实在没办法，只好来打扰你了。对不起。"女孩说着，竟然给他鞠了个躬。

苏白微笑，心情一下好了起来。他故意开玩笑："孤男寡女的你难道就不怕半夜我兽性大发强奸了你？"听了这话，姜凉吓了一跳，但很快恢复平静。"不会，你不会的。"她像是自言自语，声音低低的，"我知道你是个好人。"

苏白大笑，哈，居然有女孩子说他是好人。苏白说："对于我的事，你了解多少呢，敢这么说话。"

"感觉，"姜凉忙不迭地解释，"这是一种感觉。"

苏白呼一口气，头一回，他听女孩这么赞扬自己，而且竟然还是一个陌生女孩，并且还是一个颇有姿色的漂亮女孩。于是他说："进来吧，如果你不怕我对你非礼的话。"

这一夜，姜凉睡得很安稳。苏白拿了毛巾被一人到隔壁书房去睡觉。漫漫长夜，他脑海里尽是纱纱发来的短信内容。一段感情就这么轻而易举地结束，苏白感到自己很失败。

2

再次苏醒，已是早晨八点。

阳光从百叶窗的边缘斜射了进来，洒在苏白沉甸甸的眼皮上。感觉睡意甚浓，但脑袋却有股不知所云的清醒。苏白伸个懒腰，不想再赖床。他决心彻底脱离昼伏夜出的生活。

自从接了影楼工作之后，他一天只睡五小时，每天却能只利用一杯咖啡换来一颗清醒的头脑，只是他的生命仿佛又找到了一个出口，不再被寂寞压得喘不过气来。

起身拉开百叶窗，苏白迎向早晨的阳光深呼吸了一口。刚要走进厨房梳洗，突然听到厨房传来一阵类似有人使用锅炉的声音。

"谁？"往厨房内咆哮着，可苏白内心的紧张程度胜过上次一个人没事跑去看的电影《见鬼》。

"你醒了？是我啊！姜凉。"一个陌生的声音从厨房里传来。

苏白笑，这才想起昨天夜里自己曾收留的女孩。

"昨晚睡得好吗？"一起吃早餐的时候，苏白问候对面的女孩。

姜凉回答说，"很好啊！"

"怎么起这么早呢？"明显是无话找话，苏白扫了一眼客厅四周，原先的狗窝已经被弄得干干净净。这显然是姜凉的功劳，没想到让他在失恋的第一个夜晚就遇到这么贴心的女孩。不知道，这算不算是他的艳遇？

一起用早餐，苏白说，"没想到你做的早餐这么好吃。"他嘿嘿一笑，"——有妈妈的味道。"

"什么意思？"姜凉睁大眼睛问。

苏白笑，"早餐很好吃了。"说着，他把碗里最后一枚荷包蛋放到了嘴里。

3

早上苏白去影楼上班，临出门，他看了一眼正在收拾桌子的姜凉，心里有种微妙的感觉。这一切仿若一场梦，美得如此的不真实。

冲着屋子里的女孩笑了笑说，"我去上班，你想上网自己开电脑。"

姜凉露出甜甜的微笑，"好的，我等你回来。"

苏白满意地离开。这一切都发生得这么自然，谁也不曾想到有什么不妥。也许这真是老天安排的一场艳遇，苏白心想。

傍晚，苏白带着家其回来。给家其介绍姜凉，那小子眯着一双色眯眯的眼睛盯住人家不放。姜凉被他看的毛骨悚然，眼睛瞪得大大的，一副警惕的样子。苏白笑骂家其，"你小子别一见美女就两眼放光行不？"

家其笑眯眯地说，"美女嘛本来就是让人看的，没人欣赏就不叫美女了。"听他这么说，姜凉的脸蓦然红了起来。

三个人愉快地用餐，苏白满怀喜悦地吃着碗里的红烧排骨，竟然感觉到了一点家的味道。而带给他这种感觉的，却是陌生女孩姜凉。

家其离开时，在苏白肩上留下重重一拳："你小子艳福不浅，可别欺负人家小女生。"苏白笑，"连这事你都管，我怀疑你前世是我老爸。"回头细想，自己这样穷困不堪的男子，凭什么留下姜凉这样的女孩？

想的时候，苏白嘴角卷起一朵自嘲的微笑。

4

夜里，姜凉洗了澡走出浴室，她身上穿的，是苏白的白色衬衣。几乎是带着水珠，她散落的头发，雪白的肌肤，这个时候显得格外妩媚。

两个人坐到餐桌旁，姜凉去取橱柜上那瓶红酒。她说，"我去切柠檬，你拿些冰块过来。"然后，她给他说了自己的情况。

姜凉大学刚毕业，一周前刚到这个城市来发展，目前尚未找到合适的工作。她说她其实不是住在他对面，她说自己根本没有钱交房租。

苏白就笑说，"你这么贸然进入我的房间，难道就不怕遇到坏人？"姜凉说，"没办法了，我只能跟自己赌一把，否则我只有流落街头。"说完，她若有所思地低下了头。

苏白说，"既然你这么信任我，那你就暂时住下吧。不过有个条件，你得给我做饭。"姜凉睁着眼睛看他，"你的要求就这么简单？"苏白暧昧地笑了一下，"如果你愿意，以身相许我不反对。"

"你想得倒美。"姜凉小声地说。她的小脸由于酒精的缘故本来就泛红，这会因为羞涩更红得像个苹果。

那晚，姜凉没喝几杯就已经醉了。虽不至醉得不省人事，可步子却走得不大稳妥。苏白扶着她进了房间，看她闭上眼睛，才关了灯和门走出房间。

一个人洗完澡，坐在沙发上发呆。苏白有些心不在焉，一个人枯坐了一会，他还是关了灯，然后回到书房睡觉。

刚刚躺下，未来得及盖上毛巾被，书房的门却突然开了。一个纤纤影子朝他走来。苏白屏住呼吸，看着那个影子一步一步走向自己，他的心跳得异常厉害……

5

翌日醒来已是中午。当然，此刻的苏白还是无比清晰地记得自己昨夜的事。苏白想他真的疯了，和这个女孩从见面到现在不过48个小时，自己就已经失了魂。

周末上午，一个早上两个人哪也没去，一起坐在沙发上看电视剧。看片子的时候，姜凉的目光时不时停留在苏白的脸上，似乎有话要说，但却欲言又止。

下午苏白去影楼，跟客户沟通拍摄细节的时候，他一直在傻笑，在想家里的女孩此刻在干什么呢？结果连旁边的同事都看出来了，同事由此判断，苏白正处于思春期。

下了班，苏白马不停蹄地往家跑。途中买了几张韩剧光碟，尽管他不爱这种风花雪月的片子，但他知道姜凉喜欢，所以他给她买。

回到家，苏白按了门铃。开门的果然是姜凉，她还在，苏白心里的石头终于落了地。门一开，他就吻住了她。"讨厌，"姜凉在他怀里不安地扭捏了一下。很快，便融化于他的亲吻中。

晚上，家其打来电话，苏白这才想起是人家生日，晚上大家都出去酒吧聚会。苏白本想拒绝，但回头想想如此不妥，只好答应。

出门前吻了姜凉，两人缠绵许久，苏白这才依依不舍地道别。

这个晚上，苏白没敢在酒吧待，他心里一直记得出门时姜凉送他出家门时恋恋不舍的表情。

苏白却不知道这已经是最后的晚餐，此时，又有12小时过去。

一个人消失，原来可以没有先兆的。

6

苏白从酒吧出来，已经是夜里10点半。他打了个电话回家，回应的只是嘟嘟声，没有人，打姜凉的手机，始终关机，他以为她只是出去走走，可不知为何心里还是有些不安的感觉。

拦了一辆出租车回家，当苏白开门的时候，一阵冷风吹了进来，心竟然感觉有那么一点冷。

家里找寻不到姜凉的影子，厨房没有，房间没有。地上有个包裹，苏白打开来看，是几张碟子，一张纸条掉落下来：

亲爱的苏白：

对不起，我还是选择了离开。谢谢你陪我走过了人生中最难忘的3天，和你在一起，我感到很开心，很幸福。

其实，苏白我们并非真正的陌生人。你是否还记得小时候曾经因为离家出走被你妈妈短暂收留的那个小女生吗？那时候你叫我凉凉。后来你家搬去青海，我们失去了联系。只是，在你家待的那3天，却永远留在我的记忆深处。

高三毕业那年，在一次偶然机会里得知了你的消息，想到青海找你，可惜就在那年我被检查出得了一种血液病。听医生说，这是一种家族遗传病，目前还没有治愈的希望。我是一个没有明天的人，我不能连累你。

苏白，发生这一切并不是偶然，其实从一开始就是我一手策划。我要的不过是你3天的爱情，3天，足够了。

苏白，我不能给你完整的爱，所以我离开。

对不起，请相信，没有我，今后你会更幸福。

姜凉

　　姜凉走了，苏白的心空了，他很认真地看了那剩下的半部片子，哭了，那是悲剧，注定的悲剧。或许像他和她注定了只能拥有3天的爱情。

　　苏白再也没有去找寻过姜凉。她有心走，他始终找寻不到的。苏白再也没有见到那个叫姜凉的女孩出现过。

　　姜凉曾说：青岛的天空是蓝的，因为有大海的映照。

　　现在苏白的心是灰的，因为有的只是过往的记忆。

八　岁月静好，找一个温暖的人过一辈子

有一种相知，如春风化雨，滋润着彼此的心田。有一种默契，不必惊艳，却如影相随。

你若安好，我便快乐。

1

在我众多女友中，媚蓝并不是最漂亮的那个。但她身上有种让人喜欢的味道。记得媚蓝特别喜欢揽镜自照，我总笑她自恋。但是媚蓝并不承认自己自恋，她说因为每次照镜子的时候，总会不由自主地想起初恋良一。也许初恋总会让人怀念，尽管那个人早已消失于岁月的另一端。

　　媚蓝和良一大二那年开始交往，在一起的那两年，良一常常喜欢把媚蓝抱到镜子前细细端详。良一说，他喜欢镜子里的媚蓝，她笑的时候有一种让人着迷的妩媚。媚蓝长得不算漂亮，但她有着让人着迷的高挺的鼻子。眼睛是标准的凤眼，眼角有点上扬的细长。媚蓝问过良一，你是爱我哪点呢？良一笑说哪一点都爱。原来爱一个人，可以包容对方的一切。

　　大二那年，媚蓝20岁。她开始和男生一起出去吃大餐、逛街、唱歌。然后媚蓝认识良一。21岁的良一高大英俊，长着一张酷似港星郑伊健的脸。他笑起来的时候很阳光，是一个容易让女生喜欢的男生。

　　和良一在一起那几年里，媚蓝知道自己不是良一唯一的女友。但媚蓝不介意。青春时期的爱情，谈专一太过沉重。媚蓝觉得自己还承担不起那样成熟的爱情。

　　记得女友茵茵21岁生日那天，他们第一次见面。良一没等茵茵做出介绍，便落落大方地牵过媚蓝的手说，"我知道，这是媚蓝。"良一的这个举动让媚蓝和茵茵都吃了一惊，但不同的是媚蓝没有露出吃惊的表情，她不动声色地微微一笑。茵茵却真的以为他们早就认识。

随后，茵茵轻叹一声说，"既然都是熟人就不用介绍了。"

那晚之后，媚蓝竟然就名正言顺地成了良一的女友。事后，媚蓝问良一，我们以前见过面吗？良一狡黠地笑说，没有，但是我知道你——沈媚蓝，学校戏剧社的主要成员。媚蓝微微一笑，没想到自己早已名声在外。

两个人在一起的感觉不错，可媚蓝觉得自己并不了解良一。良一的很多事，还是后来她慢慢从女友茵茵那儿了解到的。原来，良一认识媚蓝的时候，他身边还有另一个女生。那是良一同居了一年的女朋友。

但良一告诉媚蓝，他当时跟那女生已经处在分手阶段，即使她不出现，他们的爱情也已经走到了尽头。良一再三强调，媚蓝不是第三者。

解释的时候，良一显得很着急。额头上，竟然出现了一层密密的汗水。媚蓝笑了，其实不管良一说的是否属实，她根本不介意。爱了就爱了，她才不管其他的事。

应该说，良一是很喜欢媚蓝的。这一点，媚蓝能感觉到。尽管他们交往期间，媚蓝总能从别人那听到有关良一的种种艳事。但媚蓝不管，她觉得，只要良一当她是他女朋友，即使他的黑市女友再多她也不介意。这就是媚蓝的性格。她并不是一个贪心的女子。

2

媚蓝的初吻，竟然发生在一个落幕后的舞台上。那夜媚蓝和良一以及女友茵茵在朋友家小聚后一起回家。由于路上下大雨，他们只好在剧院门口躲雨。那时已经是午夜一点多，剧院里早已空无一人。雨下得非常大，短时间内也没有停的可能，茵茵便突发奇想建议到礼堂里瞧瞧，她说她从来没有看过剧院后台什么样子很想进去看看。良一也觉得与其在外面遭受冷雨的袭击还不如进礼堂里避雨，好歹里面还有椅子可以坐一坐。

于是由良一先从窗口爬进剧院给两个女生开门，反锁好门后几个人偷偷摸摸地在黑暗的大礼堂里摸索着上了舞台。

茵茵爬上舞台后乐得在台中央又蹦又跳，良一牵着媚蓝的手找到舞台旁边摆置的长椅，两个人默然在长椅上坐下。在茵茵滔滔不绝的说话声中，良一竟然悄悄吻住了媚蓝。良一的吻温柔而缠绵，媚蓝的心在黑暗中跳得飞快。她觉得良一胆子太大了，竟然当着茵茵的面吻她。虽然这一切在黑暗中进行着，茵茵在舞台中间根本看不见他们，甚至连他们到底在哪个位置都不得而知。可她的声音离他们是这么的近，以至媚蓝感觉自己的心跳加速。

那天晚上茵茵在舞台上自顾自地跳起舞来，她陶醉在自己的舞蹈中，几乎忘记了另外的两个人。良一和媚蓝一直没有作声，黑暗中媚蓝只觉得良一把她抱的越来越紧，他的吻出奇的绵长。

那个雨夜无比漫长，在茵茵的歌声中媚蓝感受着良一一次又一次温柔的亲吻。她几乎不记得那个夜晚，他们在黑暗的舞台上究竟吻了多久。媚蓝只觉得心里暖暖地膨胀着一种幸福。

那天天不亮良一就搂着媚蓝离开了剧院，跟茵茵分手时她竟然一点没发觉他们两个人有何异样，也许之前那段时光她过于投入到跳舞的过程中以致没发觉周遭所发生的一切。

媚蓝做梦也没想到自己的初吻竟然是在那样的情况下发生的。她一直记得那个伸手不见五指的夜晚，落幕的舞台上她和良一在那张长椅上一次又一次地体会着幸福，同时耳边是茵茵絮絮叨叨说话的声音。

多年后，媚蓝每次想起那个下雨的夜晚都感觉特别的幸福。

后来两个人分手是媚蓝提出的，原因是她发现良一竟然跟茵茵有过出轨行为。虽然据茵茵自己说，发生这件事是因为那天晚上他们都喝了酒。这件事让媚蓝自尊心颇受打击，她其实不在乎良一跟别的女人有过暧昧之事，她气愤难堪的是跟良一有染的不是别人而是自己的好朋友。这使她非常气愤。

向良一提出分手时，他竟然流泪了。这是媚蓝没想到的。良一说，媚蓝，我是真的爱你。请你相信我。但是媚蓝没有回头。她不是不爱良一，不是不相信良一的话。其实她特别清楚在所交往过的女生中良一是最爱她的，这点她坚信不疑。但是媚蓝有自己的自尊心。

媚蓝和良一的爱情，只维持了两年。

分手后，媚蓝离开了那个让她伤心的城市。那一回，真的伤得很深。以致她感觉此去经年，自己可能不会再爱了。

3

大学里主修戏剧系，媚蓝理所当然毕业后应该找一份能够发挥专业的工作，但遗憾的是一直没有合适的地方可以去。回到自己的城市，媚蓝真正意义上休息了一个月的时间。

当她正愁着毕业即失业的苦恼，正好看见某个知名剧团年度新戏招考女主角的启事。

出乎所料的人多，毕竟大剧团是人人都梦寐以求的，一出很意识流的新戏，女主角的台词不多，情欲和自身的醒觉都以眼神和肢体动作的表达，其实难度颇高。

媚蓝从来不觉得自己是个好演员，至少连自己的生活都演不好。

媚蓝没有错过机会，她参加了那部戏的女主角竞选。奇迹般的她因第一高分被录取，导演对她很满意，这么评价她：你有提取记忆情绪的天赋。几天后，她被剧组通知于两个星期后开始排戏。

开始了新的生活，一切似乎变得很平静。媚蓝每天除了拍戏就是研究剧本，生活平淡得出奇，她奇怪自己竟然也可以适应这样的转变。

除了假日，其他时间都在拍戏。生活很简单，她在此期间演技竟然大大地受到肯定，剧团有意跟她签长期的合约。

在此期间，追求她的男人不少，但就是没有入眼的。对媚蓝而言，爱情宁缺毋滥。也许爱情离她很远，但是她一直相信那个对的人始终会出现。

<h2 style="text-align:center">4</h2>

有段时间特别忙，媚蓝每天都在排练新剧。那天下午，在排演室，一个约莫30的男子来找导演。他穿着多口袋的卡其色工作裤，略长的头发披在肩上，五官竟然酷似良一。只是跟良一不同的是他脸颊上粗犷的胡楂映着古铜皮肤，极富性感。

好一阵子，媚蓝盯着他竟然入了神，应该说这张似曾相识的面孔让她有点动心了。这才想起自己已经很久没有这样的感觉。但媚蓝清楚这是因为那个男人长着一张酷似良一的脸，她喜欢的始终是良一。那天下午，接下来的时间里媚蓝精神恍惚，无心排演。

原来，长着酷似良一的男人是这次剧团合作的舞台监督，林祖。

随着演出的时间越来越近，林祖开始频频来剧团讨论舞台设计，以及剧团演出场地的环境规划。

在剧团的时候，他们一直没有说话。

演出的前一天林祖和同事们装台，媚蓝鬼使神差地不知从哪弄到了装台表，知道他会先到，就悄然溜了过去。她只想看看工作中的他究竟跟良一有什么不同。他来得很早，其他的舞台工作人员还没有到。她清楚他在猫道上准备固定景片的记号。

走过去的时候，尽管脚步很轻但还是被林祖发觉了。很默契似的他似乎知道是她，没有吃惊的表情，仿佛知道她会来，眼睛一眨也不眨地望着她。

两个人沉默许久，正当她想逃离现场时他却猛然拉过她，一阵狂吻。他的吻温热而激烈，几乎让她喘不过气。

空无一人的剧场里回响着一阵音乐声，两个人始终没有说过一句话。

　　隔天演出的时候，眼神交会，媚蓝只是阴沉地微笑。剧场内她在演戏念着台词，剧场外她在演戏却不需要台词。媚蓝只能说长得酷似良一的他勾起了她的念想，然而她没有罪恶感，仔细想想，良一之后，她没再爱过其他男人。

<h2 style="text-align:center">5</h2>

　　在外巡回演出的时候，林祖跟其他的舞台工作人员必须前一天提早南下装台，演员们则只要当天中午前抵达即可。

　　前一晚，媚蓝敲了林祖被安排好投宿的房间。他刚好洗好澡，仅围着浴巾就来开门。她进门后歪着脑袋冲他微微一笑，她并不知道自己这朵笑容有多么妖媚，甚至是带着一种挑逗的意味。他忍不住拉她入怀，他们整整快乐了一晚。

　　演出结束后，林祖跟剧团的合作告一段落。他跟剧团合作了将近六个月，他们的关系也持续了六个月。让媚蓝不可置信的是，他们居然一句话都没有说过，连问对方舒不舒服都没有，工作上也不用说到话。

最后一场演出的那天，林祖比平常更久地凝视着她，因为彼此都很清楚的，之后，他们不见得有机会再见面。再说两个人也没理由继续交往了，她清楚他不久之后就会忘了自己。毕竟在一起大半年来，彼此之间不曾有过承诺。林祖从来没有对她说过爱。这让媚蓝感到失落。她拿捏不准他们之间到底是不是爱情。半年来头一次，没有来由的媚蓝感到十分伤感。

<h2 style="text-align:center">6</h2>

演出前所未有的成功。媚蓝给剧团创下了此次巡回演出的最高票房纪录。演出结束后，疲惫不堪的她推掉了庆功宴，独自一人寂寞地驱车返家。

路上，手机蓦然响起。慵懒地拿起，竟是林祖。接通电话，林祖充满磁性的声音头一次从电话另一端低低传来：媚蓝，很爱很爱你，我们——在一起？

那一刹那，媚蓝流泪了。原来爱情从来不分先后，他们的爱，从初次见面之后亦开始沿着一条看不见的轨迹悄然前行，而其最终结果是必然的，没有偶然性。原来，林祖就是那个对的人。

岁月静好，媚蓝只想找一个温暖的人过一辈子。

九　世间始终你好

张爱玲说：喜欢一个人，会卑微到尘埃里，然后开出花来。婴宝觉得，那个卑微到尘埃里开出花的人就是她自己。她拼尽全力，只为好好去爱一个对的人。

1

宁婴宝一直觉得自己不过是柏修良的半个女友，悲观一点来说，也许连半个都算不上。每次想到这个问题的时候，婴宝心里就很堵。

婴宝和柏修良算是青梅竹马，两个人打小同住一个大院。直到高二那年婴宝家因为父亲的工作调动搬离大院，他们这才分开。

搬家那日，婴宝笑嘻嘻地拍了拍柏修良的肩膀说："自此君住长江头，我住长江尾。"说完，她眨眨那双像葡萄一样圆溜溜的眼睛说，"柏少爷，你会想我的吧？"

"喊，谁想你谁是猪。"柏修良拍了拍刚刚搬完最后一张凳子的手，不屑地笑着瞟了她一眼，"你又不漂亮。"

这话虽是一句玩笑话，可也准确无误地透露了柏修良的审美标准。婴宝当然知道自己这种长着一张娃娃脸的女孩不符合柏修良的女神标准，她个子不够高挑，下巴不够尖，屁股也不够大。在别人眼里，她也就是皮肤白一点，眼睛大一点，长着一对小酒窝的可爱少女模样。当然也有些男生喜欢她，但一点没用，因为他们都不是柏修良。

"啊——，为什么我不是你的女神？"她只能发泄地尖叫一声，然后那次的谈话就这样在彼此的玩笑中不了了之。

高中三年，婴宝和柏修良常常一起去饭堂吃饭。婴宝总是早早地排队、抢位置。她知道柏修良喜欢吃咸鱼肉末茄子，每次都会多打一份菜给他。他们的关系铁得出名，不仅老师同学知道他俩是从小一起长大的发小，连饭堂的阿姨们都知道宁婴宝从小就是柏修良的跟屁虫。甚至有喜欢柏修良的女生悄悄求婴宝给她们传递信件。

但可惜的是，没有一个女生能入柏修良的眼。婴宝为此暗暗幸灾乐祸，她想，都是一些浅薄的女生，柏修良怎么可能会喜欢她们？

蝶城的周边是一个海边小镇，婴宝最喜欢的是海滩上的那一片红树林。周末的黄昏，她常常会和柏修良一起骑着自行车去红树林看日落。这个习惯从小学一直持续到大学。

大学毕业，学建筑设计专业的柏修良顺利进了蝶城的轻工设计院工作，而医学院毕业的宁婴宝则进了一家医院当医生。嗯，是心理医生。可是让婴宝感到无奈的是，她治好了许多患者的病，却无法治愈自己的心病。而她的心病，始终与柏修良有关。

这些年，婴宝和柏修良的关系一直处于分治状态，虽然表面上看他们是隐即若离的男女关系，但在人前柏修良从未松口承认她是正牌女友。奇怪的是这么多年过去，这个男人也没有其他的女朋友。对他来说，婴宝既像女友又像哥们儿。有时候连他自己都分不清他对婴宝的感觉究竟是友情还是爱情。他只知道自己不甘心，究竟不甘心什么，他也说不清楚。

在婴宝心中，柏修良是一个长相不错、脚踏实地的男人，从小学开始婴宝一路见证了修良的优秀。婴宝非常确定，自己喜欢这个男人。是的，非常喜欢，从小到大都喜欢。

24岁生日那夜，婴宝和柏修良一起吃饭。从高中开始，似乎成为一种习惯，婴宝的每一个生日柏修良都有参与。这一年和往年一样，柏修良下了班之后陪她到喜欢的餐馆吃饭。

喝下一杯红酒，婴宝的脸上泛起了两朵红云。借着酒意，她仰着白皙的小脸问了柏修良一句话："柏少，我到底是不是你女朋友？"

　　当然，这话对柏修良而言不过就是婴宝的一句俏皮话。他并没有往心里去。他们认识这么多年，婴宝在他心里一直是那个长着一对甜甜小酒窝的小孩，她快乐，单纯，胆子小。最怕走夜路和听鬼故事。无聊的时候想到这个小鬼，他会忍不住笑出来。无法理解这样心思简单的女孩，怎么会是一个心理医生？

　　"算，当然算。"柏修良狡黠地笑着说，"不过只能算一半。"

　　"你在安慰我吗？"婴宝瞪着一双黑黑的大眼睛说，"我怎么感觉连一半的概率都没有？"

　　她真的无法界定他们之间的关系。只知道，需要男友出场的场合，上影院看大片的时候，圣诞节派对，他都会默契地出现。

　　婴宝不能确定，他们之间这样的默契，究竟还能持续多久？

2

周末的早上，宁婴宝还在半梦半醒之际，床头的手机铃声不合时宜地响了起来。她痛苦地伸手去拿过手机，迷迷糊糊地按下接听键，电话那头立即传来女友吴非子低落的声音："婴宝，麦克他不要我了。"

又来了！又是麦克！真不知道这个男人是何方神圣，竟然能让吴非子这样骄傲的女孩如此反复地无条件忍受他这种每隔一段时间就要消失一次的分手游戏。自从婴宝认识吴非子以后，他们起码分手过七八次了。

"你不用担心，过不了多久他会回来找你。"婴宝困得眼睛都睁不开，"他这一套你还看不透吗？"

"这次是真的，"吴非子说着开始低低地抽泣起来，"他最近认识了一个模特，听说那女孩家境不错，他俩一见钟情，前几天还一起飞去普吉岛旅游了。他说他是真的喜欢那个女孩。"

"他哪次不是这么说？"婴宝打了个哈欠，脸上仍挂着浓浓的睡意。"哪怕这次是真的你也该等我睡醒再说嘛，你知道我好不容易才可以睡个懒觉！"

听她这么说之后，电话那头沉默下来。婴宝突然有点不习惯这种沉默。

"非子，非子？"婴宝试探地叫了几声，吴非子突然的沉默让她心里有点忐忑，这丫头平时可不是这样的。"非子，你还好吗？"

"婴宝，我想去你那住一段时间。可以吗？"电话那头传来一阵低低的抽泣声，"我现在特别需要你。"

"好的，没问题。"这回婴宝不敢再怠慢，直觉告诉她，吴非子这次是真的失恋了。

其实，婴宝和吴非子的友谊是从一年前才开始的。那时吴非子主持的一个节目需要邀请一名心理医生作为直播嘉宾，被邀请的嘉宾正好是婴宝的科室主任。由于节目开播前主任临时被外派到青海做学术交流，所以领导向吴非子推荐了婴宝。

两人合作了三个月的时间，彼此感觉很投缘，节目未结束她们已经成了无话不说的好朋友。

吴非子是外地人，比婴宝大一岁。据非子说她是父母从福利院领养的孤儿，从来不知道自己的亲生父母是什么样的人。小时候吴非子心里一直有个愿望，长大后有机会找回自己的亲生父母。大学毕业后她一个人留在了蝶城。凭着不错的外表和口才，轻松地考进了电台做主持人。没多久，她认识了同行的麦克，从此开始了那段反复无常的恋爱。

吴非子是那种身材高挑的女孩，一米七的个子，高鼻梁，丹凤眼，还有着性感的嘴唇。乍一看，有几分安吉丽娅·朱莉的气质。

婴宝记得自己第一眼看见吴非子的那一刻，心里只剩下一声叹息。吴非子这样漂亮的女孩，有哪个男人不喜欢呢？

婴宝一直觉得像吴非子天生运气就该特别好，人美口才又好，人见人爱，在职场上左右逢源，但凡遇到她的男人，很少有不动心的。然而遗憾的是，在她们认识的这一年里，漂亮性感的吴非子却屡屡失恋。让婴宝气愤的是，让她的朋友屡次受伤的都是同一个男人，那个可以让吴非子爱到尘埃里，并且呼之即来挥之即去的男人就是同在电台主持着一档音乐节目的麦克。

半个小时后，吴非子心情低落地拎着行李箱出现在婴宝的大门外。

这天傍晚，婴宝安抚完吴非子之后，她们去了她和柏修良常去的那家餐馆吃饭。每次吴非子失恋，都要狠狠地吃一顿，把愤愤化为食欲。让婴宝特别气愤的是，每次吴非子大快朵颐的时候她只能在一旁羡慕地看着，因为这姑娘不管怎么暴饮暴食都不会发胖。

吃饭的时候，两杯红酒下肚，吴非子絮絮叨叨地说了好多话，像摆家谱一样，和婴宝说了很多关于她和麦克的事。每次失恋后说的内容都差不多，婴宝听得耳朵都快起茧了。但是她没有显出一丝不耐烦，作为心理医生，早就养成聆听的习惯。她得给她的患者一个发泄的出口。

这顿饭吃了足足两个小时。吴非子越喝越醉，越喝话越多。到最后，两腿发软，倒在包厢的沙发上说起了胡话。这下把婴宝气得不行，骄傲的吴非子曾几何时如此颓废过，屡次失恋也没见她喝过这么多酒。

正苦恼着如何处理沙发上那个醉美人的时候，婴宝的手机响了起来。柏修良在电话里问："你去哪了？我刚去过你家，没见人。"婴宝这才想起来，他们约好一起去看电影《速度与激情8》。婴宝喜欢杰森·斯坦森，那个头发稀少的老男人一直是她的偶像。

"我和朋友在餐馆吃饭，她喝醉了。"婴宝郁闷地说，"你能不能过来帮我把她弄回去？"

"要送她回家吗？"柏修良问，"那今晚这场电影就看不成了。"

"改天再看！现在先把她弄回我家！"婴宝急匆匆地说，"你快点过来吧，我一个人无法搞定她。"

3

此后的一段时间，婴宝和柏修良一直没有去看电影《速度与激情8》，因为天天黏着婴宝的吴非子不喜欢看电影。片子上映一个月后，终于无声地下架。

随着柏修良和吴非子见面的机会越来越多，婴宝越发感觉到了那两个人之间的微妙。后来，她终于发现自己的担心成了事实。只是很久以后，婴宝仍然不愿意承认柏修良对吴非子是一见钟情。从小到大，婴宝无数次亲眼看见过柏修良在面对许多漂亮女生的追求时那种淡定的表情。她始终不相信柏修良会对任何女人一见钟情，包括吴非子。

可惜的是，这些不过是婴宝一厢情愿的想法。在一个周五的晚上，当柏修良捧着一束百合花出现在门外的时候，婴宝方才如梦初醒。这个从小陪着她一起长大的男人，终于遇到了他的真女神。

"宝，"像小时候一样，柏修良这样唤她。"我喜欢非子，你——，愿意帮我吗？”

这个男人到底还是把问题抛给了她，他终究还是不忍心直接牵过另一个女孩的手。婴宝叹气，难道她还能说不吗？

“你的爱情你得自己争取，”婴宝故作淡定地说，“我知道你可以的。”其实那一刻，她的心沉入了无边的黑暗。她心痛地感觉到，这辈子除了对面的男人，谁都无法将她救赎。

柏修良脸上掠过一丝淡淡的浅笑，婴宝分明看见他舒了一口气。只是她更愿意相信，在柏修良心里，自己亦是重要的人。

毫无悬念，吴非子接受了柏修良的百合花。虽然那一刻婴宝无法准确地判断吴非子心里的想法，但有一点她可以肯定，吴非子并不讨厌甚至有一些喜欢柏修良。

那天夜里，吴非子笑吟吟地爬到婴宝的床上问她：“我和你的男闺密在一起，你不会反对吧？”

婴宝盯着她的眼睛，反问了一句：“那如果我和你的男闺密在一起，你介意吗？"

"为什么要介意？"吴非子笑，"又不是男朋友。"

"那你还问这么弱智的问题？"婴宝不再看她，抬眼望着雪白的天花板。

吴非子"嗯"一声，然后抱住好友的手臂陷入了沉思中。两个女孩就这么若有所思地躺在同一张床上，婴宝看似淡定其实心里早就沸腾，而吴非子在沉默了几分钟后，貌似想起什么似的突然坐起来说："婴宝，我今天接到福利院电话，他们找到我的亲生母亲了。"

虽然知道吴非子一直在寻亲，但这个消息还是让婴宝感到有些意外，"那你怎么想？"

吴非子淡然地说："我想去见见她，但不会去打扰她的生活。"

原来吴非子的亲生母亲在生下她之后就嫁了一个瑞典人，母亲这次来找她只是想看看她过得好不好。

婴宝若有所思地问了一句："如果你母亲这次接你一起

去瑞士，你会不会去？"

"我想过，但不现实。"吴非子枕着自己的胳膊，眼睛茫然地望着吊顶。"我和修良刚刚开始，也不知道以后会怎样。看看再说吧！"

听了吴非子这番话，婴宝心里沉甸甸的。

吴非子和柏修良就这么在一起了。她告诉婴宝，她会好好和柏修良在一起，她决心要把那个践踏她的自尊心的可恶男人麦克彻底忘掉。她要快乐地生活，让他后悔放弃她。

"婴宝，你知道，只有投入一份新恋情才能尽快忘掉旧伤口。"吴非子对婴宝说。那一瞬间，婴宝看到她眼里有一抹淡淡的忧伤。

原来，她一直还是那个爱到尘埃里的人。只是现在，她要借助另一个男人去忘却这份卑微的爱情了。这个转身对她而言是重生，然而对婴宝而言却是堕入黑暗深渊的开始。为什么爱情一定要以两败俱伤为结局？

有那一瞬，婴宝很想求吴非子放开柏修良。一个心里还装着前任的女孩如何能若无其事地和柏修良重新开始?

　　也许看出了婴宝眼里的忧虑,吴非子开玩笑地对她说:"宁婴宝,你不会是想反对我们在一起吧?"

　　婴宝嗤一声笑:"吴非子姐姐,你想多了。"

　　"那就好。"吴非子似笑非笑地说,"祝福我吧,我们会幸福的。"

　　夜里,婴宝做了一个梦。她梦见自己和柏修良在人群中走散了。醒来的一刻,她发现枕巾已经湿了一半。

　　立春之后,在吴非子的建议下,她和柏修良两个人决定一起自驾去凤凰古城旅游。选择旅游淡季出行,图得正是那份清静。嗬,那是文艺女青年最喜欢的地方,很适合谈恋爱的情侣。婴宝和柏修良认识这么多年,她怎么就没想到要和他一起去浪漫的凤凰古城旅游呢?都说喜欢一个人,一定要和他至少一起去旅游一次。旅途中可以增进彼此的了解,或者发现彼此的距离。

　　出发凤凰的前一天,柏修良过来吃饭。关于去凤凰的行程，其实他和吴非子早就商量过了。这次过来，只不过是想亲口告诉婴宝一声。这是多年来的习惯，他们其中一人不管要去哪里，外出之前一定会告诉对方。

婴宝发现，她和柏修良已经好久没去海滩上的红树林看日落了。

4

阳光明媚，温暖的春风夹杂着沱江吹来的清新空气拂面而过。弯弯的小桥、潺潺的流水、古朴的吊脚楼、闪闪发亮的青石板路……勾勒出了凤凰古城的独特魅力。这个古老的小城远离浮华与喧嚣，清澈明净，让人无争无怨无悔无悲无嗔。

吴非子和柏修良选择了一家民宿住下，那是沱江边的一栋小楼房。拱形的石门闪着黑亮的光泽，上面是精致的浮雕图案；整栋楼古朴陈旧，爬满了叫不出名字的藤蔓。看起来这栋房子已经有些年代。

放了行李之后，他们去了一家苗族人开的土菜馆吃饭。无肉不欢的吴非子特别喜欢吃店家推荐的酸肉，还有野生蕨菜和春笋。看着她吃得津津有味，柏修良脸上露出了一丝微笑。他自己吃得很少，但却很喜欢看着她吃，看到对面的女孩心情愉悦，他心里也很高兴。难道这就是恋爱的感觉？

饭后，柏修良牵过吴非子的手沿着沱江边悠闲地散步。夕阳如歌如泣，江面上倒映着小桥、吊脚楼的影子。微风吹过，江面上泛起一层又一层的涟漪。

并肩站在东门城楼上看风景的时候，柏修良莫名地想起了婴宝。这才想他们已经有一段时间没去海边的红树林看日落了。不知为何，他心里竟然有了一丝丝的惆怅。柏修良想，也许他和婴宝一起走过太多太多的时间，所以一起培养出了许多习惯。但他相信，待他们各自找到自己喜欢的人之后，这些习惯会随着时间慢慢消逝。

路过岸边一家酒吧时，吴非子被门前的大水车吸引住了。这是巨大的木质水车，随着时间咿呀咿呀地转动着，看似一个命运之轮。

"修良，帮我拍几张照片吧！"她站到水车前面，笑着张开双臂，做了一个飞翔的动作。

水车后面是夕阳和沱江，镜头里显示的是一幅如梦似幻的画面。按下快门的那一刻，柏修良由衷地喊了一句："完美！"

美丽的水车依然不知疲倦地转动着，吴非子抬头仰望天空，那里似乎是看不见的命运。

也许每个人的一切自有上天安排，小时候她最渴望的是长大后能找到自己的亲生父母。长大后，她最渴望的是能和自己喜欢的人过着一份安暖自在的生活。可是，此刻她身边这个男人真的是自己渴望的那个人吗？

吴非子承认柏修良是一个优秀的男人，她也清楚他是一个值得托付终身的人。她之所以走不出之前的那段感情，是因为她和麦克纠缠太久。当她选择接受柏修良的百合花的那一刻，她真的想重新开始。她觉得自己应该努力去忘记麦克，努力让自己尽快爱上现在的生活。

呆呆地望着不停转动的水车，好一会吴非子陷入了沉思中。无可救药地，她还是想起了麦克。如果此刻站在她身边的是麦克，她的心情会不会不一样？

其实这次来凤凰，是因为麦克喜欢这个古城。她只是想看看他曾经走过的地方，然后忘却一切携手另一个人重新开始新的生活。

华灯初上，夜幕降临。临江的一些音乐酒吧开始陆陆续续地热闹起来。很多小酒吧门前都挂着红色的灯笼，沿着江边散步，让人有一种恍若隔世的感觉。

他们在临江的一家酒吧坐下，柏修良特地选了露台上的一张桌子。两个人点了一瓶红酒，漫无边际地聊起来。吴非子发现柏修良其实挺健谈，他看过很多书，知识面很广。如果不知道他的职业，她会以为他是自己的同行。吴非子想，倘若她先认识柏修良，她会不会像爱上麦克一样去爱这个男人？只可惜生活没有假如。

　　临桌坐着两个年轻女孩，看起来像在校大学生。她们一边喝着咖啡一边兴致勃勃地玩着塔罗牌。短发的女孩在给束着马尾辫的女孩占卜。吴非子饶有兴致地听着短发女孩解牌，发现她说得有模有样的还挺专业。吴非子突然来了兴趣。她拉起柏修良一起过去凑热闹。

　　柏修良对塔罗占卜没什么兴趣，在他眼里塔罗也就是小女孩无聊时玩的一种游戏。但吴非子喜欢，他不想扫她的兴，只有隐忍地陪在一边。

　　短发女孩结束之前的占卜之后，她一边洗牌一边问吴非子要不要来占卜一下自己的运气。吴非子回头看了一眼心不在焉的男人，笑着说："我想知道我和我男朋友能否走到最后。"

　　短发女孩熟练地洗牌，列牌阵，然后叫她抽牌。解牌的时候，女孩盯着吴非子表情有点古怪。吴非子被她看得浑身不自在，小心翼翼地问了一句："怎么啦？"

　　女孩看了看她又看了一眼她旁边的柏修良，轻叹一声说："很遗憾，牌面显示你们没有结果。"此话一出，吴非子和柏修良的脸色都变了。虽然柏修良并不相信这种占卜术，但这样的话由一个陌生人嘴里说出来，也足以影响他的情绪。

一起回旅馆的时候，吴非子显得有些心事重重。柏修良安慰她说，"小女孩玩的纸牌游戏你也信啊？换成婴宝，她肯定不信。"

"是吗？"此刻听到不相干的名字，吴非子一下来气了。"可我不是宁婴宝。"

柏修良愣了一下，感觉吴非子这火气来得莫名其妙。他忽然发现，自己一点也不了解眼前这个女孩。试探性伸过手去想牵她的手，可吴非子却甩开了。柏修良在心里叹气，他真的不知道自己错在哪里。第一次看到吴非子这么情绪化，他也是无语了。

回到旅馆，柏修良本来想再跟吴非子聊几句，但她进了自己房间后就没再露脸。想必玩了一天也累了。他只好走到她窗前，道了一声晚安，然后离开。

这一夜，柏修良失眠了。原来旅途中真的可以发现很多问题，包括彼此的距离。

5

这一次的旅行，两人莫名陷入了一种微妙。柏修良努力想要去改变这种气氛，但一切似乎都不是他能够掌控的。那几天，他们一起去看了沈从文故居，一起去苗寨游玩，一起沱江上泛舟……可是柏修良感觉他们更像跟团旅游，丝毫没有感受到自由行的快乐。

第四天清晨，同样感觉到微妙的吴非子早早去敲了柏修良的房门。她希望自己的主动能改变一下彼此之间的距离。无论如何，她今天一定要让他知道，他们还要一起走很远的路。

可是柏修良的房间是空的，他并不在房间里。吴非子一下来气了，一大早起来想去讨好他，他却一个人跑出去连个招呼都不打。在他心目中，她到底还是不是他女朋友？

　　吴非子郁闷地下了楼，走出小院。门前的沱江一平如镜，河边有好几个早起的瑶妹在洗衣服。吴非了拿山手机正想给柏修良打电话，猛一抬头，却看见柏修良和一个男人正站在河边的柳树下说着话。正确来说，那是一个熟人——，那个如同梦魇一样让她怎么努力都无法摆脱的男人麦克。当看到麦克的那一刹那间，吴非子震惊了。继而她的心情一下变得复杂起来。

　　默然走到两个男人面前，吴非子轻声地问："麦克，你怎么会在这里？"她知道麦克喜欢凤凰，他基本上每年都会来一次。难道这只是巧合？

　　麦克笑眯眯地回答说："我来找你啊，怎么，有了新欢就忘了旧爱？"

　　"我们已经分手了，你还来找我干吗？"吴非子隐忍地说。在这个男人面前她永远骄傲不起来，永远低到尘埃里。

　　"我什么时候说过分手二字？"麦克露出一丝讳莫如深

的微笑，"我从来没有说过这句话。"

吴非子无语。在一起五年，麦克还真没说过分手二字，但每一次都可以把她伤得体无完肤。分手，不用言语，是行为。他的行为决定她的伤。

"跟我走吗？我陪你去天龙峡看看？"麦克早已吃准她的心，他笑着说，"你知道，我对凤凰熟悉得就像自己的家乡。"

一直站在一旁的柏修良早已忍无可忍，他冷冷地对麦克说："你们交往了这么久最后还是没在一起，证明非子并不适合你。为什么你还纠缠不清？"

麦克哈哈大笑："纠缠？你说对了，这几年来我们的状态不就是没完没了的纠缠吗？"

"既然知道是纠缠为何不干脆放手？"柏修良脸上露出一丝愤怒的表情。面对那张无赖的脸，他只觉得心中有股怒火往上蹿。他不明白吴非子这样骄傲的女孩怎会爱上这种男人？

　　看柏修良脸上的表情，麦克却幸灾乐祸地笑起来。他说："是吗？我可不这么认为。"一瞬间他的声音变得又冷又硬，"爱情从来不是因为适合而发生，有句话是这么说的，哪个姑娘没爱过一两个浑蛋。比如吴非子，她爱的就是我——，也许我在你们眼里就是那个浑蛋！但你不能否认，不管其他男人包括你给了她多少温暖，她的心始终是在我这里。"

　　"看见过飞蛾扑火吗？"麦克用一种暧昧的眼神看着对面的吴非子说，"明知道扑火的结局是粉身碎骨，可有人能阻止飞蛾吗？这几年我们为什么分手无数次都没成功，因为我们的关系就像飞蛾和火。"说完这番话，麦克深深看了一眼吴非子。"非子，我说得对吗？"

　　那一瞬间，吴非子的脸色变得惨白惨白的。她完全不能否认麦克的话，她只有沉默以对。面对两个男人不一样的目光，她如坐针毡，她不用回头也可以想象柏修良的反应。有那么一秒，吴非子多么希望自己就是一只长着翅膀的飞蛾，这样她就可以迅速地逃之夭夭。

"你是跟我继续还是跟他走？"柏修良用一种奇怪的眼神看着她。

一时间，吴非子心乱如麻。面对柏修良这样的眼神，她实在没有勇气跟他继续下去。此刻她也不知道自己该何去何从。

柏修良转身离去。他没有再看吴非子一眼，那一刻，他终于明白她眼中的纠结究竟因何而起，终于明白自始至终，自己都未曾走进她的内心世界。他们之所以在一起不过是她缺一个陪伴，而这份陪伴亦是短暂的。几年前她就已经中了麦克的毒，而且中毒至深，无力回天。

柏修良并不是勉强自己的人，他更不会勉强别人。他有自己的骄傲。也许，也许他并没有想象中那么爱她。也许，他们从来就是两个世界的人。

听着柏修良的脚步声渐渐远离，她很想追上去抱住他。如果她解释一切，并且求他留下，也许他们之间还有一丝希望。但最后她始终没有迈开脚步。因为柏修良的目光让她望而却步。

柏修良的背影消失在沱江边的时候，吴非子的心一下就空了。

6

婴宝只记得那日柏修良是一个人从凤凰回来，他连夜驱车赶回蝶城。那天黄昏，刚回到蝶城的他没有回家，风尘仆仆地来到医院见婴宝。

刚刚下班的婴宝还未来得及脱下白大褂，桌子上的手机就响了起来。桌上还摆着一束如火如荼的玫瑰花，那是同医院的年轻骨科医生林海松刚刚送给她的，长相斯文的男医生想约她一起看电影。听到手机铃声的时候，婴宝有点不耐烦，以为是林海松的电话，刚想按下接听键却发现是柏修良打来的。

婴宝心情复杂地拿着电话好一会没接听，柏修良这个时候打来电话会说些什么呢？刚和喜欢的女孩结束浪漫的凤凰之旅，接下来不就是求婚的桥段？

按下接听键，电话那头传来柏修良沙哑的声音，一听就知道是熬夜的结果。"宝——，我想见你。现在有空吗？"

婴宝怔了怔。她深深吸了一口气，然后回答："有空，你上办公室来吧！"此刻心理医生办公室里一片静谧，其他医生早已下班。自从上电台做直播嘉宾之后，来医院找她的患者多了许多。久而久之，她变成了科室里下班最晚的一个。

几分钟后，办公室的门被轻轻推开。婴宝没有回头，她知道是柏修良。安静地把桌上的玫瑰花插进花瓶里，后面的人走过来，从身后拥住了她。婴宝叹一口气，回过头来和他对视。

"怎么啦？"她轻轻问了一句，"非子呢？"

"我们——，分手了。"柏修良的声音虽然有点沙哑，但语气却很平静。"麦克到凤凰去找她了，我猜他们现在在旅馆里叙旧。"

"麦克怎么知道非子在凤凰？"婴宝不可置信地看着他，"你怎么知道非子和麦克和好如初？"

柏修良淡然地说："如果不是非子本人告诉麦克她在凤凰，麦克怎会千里迢迢跑去凤凰找她？他们根本就没有分手。非子和我在一起不过是想用我来打击麦克吧！"

"那你怎么办？"婴宝看着他的眼睛，想要从他的眼神中得到最后的答案。"你那么喜欢非子，你甘心就这么放弃了？"

柏修良自嘲地说："也许，我们并不合适，也许，我们也没那么喜欢对方。"说着，他淡然地笑笑，"两个人足够喜欢对方，最后才会在一起吧！"

"那得花多少运气才能遇见足够喜欢自己的人。"婴宝叹气，"也许我这辈子都无法遇见一个足够喜欢我的人。"

"也许你已经遇见了，只是你不知道而已。"柏修良看着她的眼睛说，这一刻，他心里很平静。谁说爱情就一定要轰轰烈烈的呢?

"人有时候常常会身在福中不知福。"他伸过手轻轻抚弄了一下她的脸颊,他喜欢看她的笑,因为她笑的时候脸上总会出现一对可爱的小酒窝。他想告诉眼前这个女孩,在凤凰的日子他总会不由自主地想起她。现在才知道,那不仅仅是一种朋友之间的思念。有时候人要遇到一些挫折才学会长大。而吴非子就是那个帮助他成长的那个人。如果没有这次旅行,他也许到现在也看不清楚自己的心。

"宝——,明天我们去红树林看日落吧?"柏修良淡淡地说,"我们好久没去红树林了。"

婴宝的眼睛忽然就潮了。

7

婴宝25生日那天,终于等到了柏修良的求婚。

那天黄昏,夕阳如血,海滩上三三两两地爬着可爱的招潮蟹,还有瞪着双眼鼓着腮跳来跳去的弹涂鱼。海风拂过,海滩的红树林发出欢快的沙沙声，婴宝看见许多弹涂鱼努力地爬上了红树林的树枝。它们把腹鳍用作吸盘，用来抓住树木，用胸鳍向上爬行。婴宝忽然觉得自己就像一只努力爬向树枝顶端的弹涂鱼。

当柏修良默默地将戒指套进婴宝的无名指时，她露出了灿烂的笑容。原来柏修良说的那个"足够喜欢她的人"就是他自己。婴宝轻轻地说："为什么是我？"

柏修良微笑："好的爱情应该是不远不近，有你在身旁一切都是刚刚好。我们曾经一起愉快地长大，为什么不可以一起愉快地变老。我现在的愿望就是，从今以后，我们可以一起慢慢愉快地变老。我想和你一生一世。"说完这番话，他伸过手轻轻拥住了她。

婴宝心情愉悦地望着远处的夕阳，她清楚地记得她和柏修良已经有整整三个月没来红树林看日落。原本以为，他们不会再来了。也许，这就是命运。

婴宝和柏修良的婚礼定在情人节那天。

　　试婚纱的时候，婴宝快乐得像个孩子。柏修良站在一边默默地看着她，脸上一直洋溢着一种满足的微笑。这一刻，他对自己的感情终于有了定论。

　　回想这些年，他们一起走过太多的路，共同面对太多的悲欢。他快乐，她一起开心。他悲伤，她不离不弃。他不得不承认，和她在一起感觉很舒服。她在他的生命中是如此的重要，她一直是他心里一种美好的存在。他们共同拥有过太多美好的时光。最后他们一起面对了彼此的成长。也许这就是爱情的模样吧！

　　很长一段时间，婴宝没有吴非子任何的消息。凤凰旅行回来后，她就不知所踪。某一天晚上，婴宝从娘家出来，坐在出租车回家的路上，听到了来自电台某节目一个久违的声音。原来是吴非子的一个新节目，叫"午夜梦回"。

　　婴宝听见吴非子用一种低沉的嗓音在讲述一个关于两个女人和一个男人的故事。原来麦克把一切真相都告诉了吴非子：麦克之所以回头找吴非子，是他以为可以与吴非子一起去瑞士投靠她那位有钱的母亲，麦克的出现跟爱情无关。当麦克得知吴非子无法让他实现出国梦时，他毫不犹豫地再次选择离开。麦克发誓，这次他不会再回头。麦克在离开前告诉吴非子一个惊人的秘密，关于她母亲的消息和她在凤凰的消息，他都是从婴宝那里获知。节目的最后，吴非子说："恭喜你，亲爱的心理医生。你赢了。"

那一瞬，婴宝在心里发出一声长长的叹息。

也许对两个女孩来说，这是一场爱情战役。只是一不小心，婴宝险胜。婴宝并不觉得自己是人生的赢家，这场爱情耗尽了她的心力。之所以如此拼尽全力，不为别的，只是想纯粹地去爱一个对的人。